天空の陣風《はやて》

陣借り平助

宮本昌孝

祥伝社文庫

目次

城を喰《く》う紙魚《しみ》

一

草木の芽吹《めぶ》く山に、澄んで滑《なめ》らかな美声が響き渡る。

藪椿《やぶつばき》の枝で尾をふるわせていた鶯《うぐいす》が飛び立った。

鶯は、轟然《ごうぜん》たる音に包まれる水煙の中を上昇してゆき、麗《うら》かな浅緑《せんりょく》の空へと消えた。

瀑布《ばくふ》の落ち込む滝壺《たきつぼ》の岩場に、たすき掛けで水汲《みずく》みをする者がひとり。

頬《ほお》は艶《つや》やかで、月代《さかやき》の剃《そ》りあとも青々とした若侍《わかざむらい》である。元服《げんぷく》して間もないようだ。

若侍は、ふたつの手桶《ておけ》を水でいっぱいにすると、それぞれに蓋《ふた》をして、外《はず》れぬように縄《なわ》で縛りつける。腰を落とし、両の手桶を天秤棒《てんびんぼう》で肩に担《かつ》ぎ上げようとしたところ、声をかけられた。

「これは、これは、しみどのの弟ではないか」

視線をあげた若侍のおもてが強張《こわば》る。

樹下《じゅか》の小径《こみち》から岩場へ現れたのは、五人。ふたりは狩装束《かりしょうぞく》で、にやにやといやらしい笑みを浮かべている。あとの三人は従者であろう。

狩装束の一方が、弓弦《ゆんづる》に矢をつがえた。

若侍は、飛び退《すさ》り、腰の物へ左手を添えて、微《かす》かにうろたえる。

帯《お》びているのは、脇差《わきざし》のみ。大刀は養老寺《ようろうじ》に預けてきた。

射放《いはな》たれた矢は、手桶に突き刺さった。

「とんだ的《まと》外れだぞ、新五郎《しんごろう》」

「獲物は新八郎兄者《しんぱちろうあにじゃ》に譲ろう」

「さようか」

こんどは、新八郎とよばれたもう一方の狩装束の者が、弓矢をかまえて、若侍に狙いをつけた。

さらに後退した若侍は、

「あ……」

濡《ぬ》れた岩で足を滑《すべ》らせ、滝壺の縁《ふち》に落ちて、腰まで水に浸《つ》からせてしまう。

五人が、どっと笑う。

「何を思い違いしておる。狙《ねろ》うたは、あまごよ」

笑いながら、新八郎は、白い泡の暴れる滝壺の真ん中めがけて、矢を射放った。

早春にあまご漁とは異《い》な話である。それ以前に、瀑布の落ちるところの水面下に、魚がいたとしても、外から見定められるはずもない。新八郎らが若侍をいたぶっているのは、明らかである。

しかし、五人を一瞬にして凍りつかせる怪異が起こった。

突如《とつじょ》、滝壺から矢が飛び出してきて、新八郎の足許《あしもと》に突き立ったのである。

びっくりした新八郎は、のけぞって空足《からあし》を踏み、これを支えようとした新五郎と従者らともども、五人まとめてひっくり返った。

滝壺の水面下で何かの動く気配がした。

正面の縁に向かって、気泡《きほう》が近づいてくる。

それを若侍は、半身を浸《ひた》したまま、視線で追った。縁から這《は》い上がろうにも、竦《すく》んで動けぬ。

目の前で、水が盛り上がった。かと見るまに、裸身が出現し、水から岩場へ躍《おど》り上がっている。

仰《あお》ぎ見た若侍は、仁王《におう》さまか、と疑った。それほど力感溢《あふ》れる筋肉に鎧《よろ》われた褐《かっ》色《しょく》の巨軀《きょく》である。

顔は、見えぬ。濡れて、ざんばらの蓬髪《ほうはつ》に被《おお》われている。

「われは水神《すいじん》の化身《けしん》なり」

巨軀から、低く掠《かす》れて、恐ろしげな声が吐き出された。

「矢を射込みし不埒者《ふらちもの》、わが前へ来《こ》よ。肉を喰《くろ》うてやる」

水神の化身は、両手で口の前の髪を搔《か》き分け、くわっ、と歯を剝《む》いた。

「ひいっ」

五人は、女みたいな悲鳴を洩《も》らすや、先を争って逃げてゆく。取り落とした弓矢を拾いもせぬほどの慌《あわ》てぶりであった。

水神の化身が、首を振って蓬髪を後ろへはねてから、若侍を眺め下ろす。

鑿《のみ》で深く削《けず》ったような顔の造作《ぞうさく》に、若侍は目を奪われた。こんなに茶色がかった大きな眸子《ぼうし》と、おどろくほど高い鼻梁《びりょう》の持ち主を、初めて見る。

その異形《いぎょう》のおもてが綻《ほころ》んだ。すると若侍は、不思議な気分になった。えも言われぬやさしさに包まれたような。

若侍の躰《からだ》が、伸ばされた猿臂《えんぴ》に抱かれて、ひょいと水から岩場へ上げられる。

「誰《たれ》ぞ、病《やまい》か」

五人を威《おど》したときとは打って変わった声ではないか。やわらかく温かみがある。

「兄が臥《ふ》せっております」

もはや恐れも警戒心も抱かず、若侍は素直にこたえた。

「そうか。効《き》くとよいな」

「養老の水にございます。必ず効くと信じております」

この養老の滝の水は、古来、病気平癒《へいゆ》に霊験《れいげん》あらたかな美泉とされ、伝説では、酒の味がするというので、孝行息子がこれを瓢箪《ひょうたん》に汲《く》んで持ち帰り、病床の父に飲ませたところ、たちどころに元気になったそうな。あるいは、白髪が黒髪に戻った、盲人の目が見えるようになったなどの話も伝わる。

「水はおことの家の井戸水でも同じさ」

裸形《らぎょう》の男がおかしなことを言った。

「どういうことにございましょう」

「兄を思い、わざわざこのようなところまで足を運ぶ弟の情愛が、兄の病を治す。おれはそう思う」

にこっ、と男はおもてを笑み崩した。

彫りが深く、目鼻や唇も大ぶりなせいか、なんとも豊かな笑顔である。つられて、若侍も相好《そうごう》を崩した。

まだ礼を言っておらず、名乗ってもいないことに気づいた若侍は、慌てて退《さ》がって、頭を下げる。

「これは礼儀知らずにございました。危ういところを助けていただき、まことにありがとう存じました。それがしは、美濃国《みののくに》不破郡《ふわごおり》岩手《いわで》の菩提山《ぼだいやま》城城主、竹中半兵衛《たけなかはんべえ》の弟彦八郎《ひこはちろう》と申します」

応じて、男も名乗った。

「魔羅賀平助《まらがへいすけ》にござる」

二

夕映《ゆうば》えの城を眼《まなこ》に写し取って、妖《あや》しいまでに美しい緋色毛《ひいろげ》の裸馬が、悠然と歩をすすめている。

「丹楓《たんぷう》」

と名づけられた平助の愛馬である。

ふたつの手桶を背に振り分けに積まれ、彦八郎に曳《ひ》かれて並んで歩む葦毛《あしげ》の馬が、ひどく貧相《ひんそう》に見える。丹楓は長《たけ》に剰《あま》る巨馬であった。

丹楓の馬具の一切は、平助が武具その他の荷と一緒に引っ担ぐ。戦場以外では主従が逆になるという、他者から見れば奇態《きたい》というほかない関係の人馬なのである。

養老の滝で別れようとした平助であったが、命の恩人をお招きせねば兄に叱《しか》られるという彦八郎の懇願に、今夜だけ一宿《いっしゅく》させていただくと応じ、こうして同道してきた。

平助の本音を言えば、従者をひとりも伴《つ》れていない彦八郎の身が案じられたのである。逃げ去った五人が帰路で待ち伏せしていないとも限らぬ。

彦八郎が道々語りつづけたので、平助もおおよその事情を知ることができた。

竹中家の当主で、彦八郎の兄でもある半兵衛は、幼少より病気がちで、武芸は得手《えて》でなく、読書に耽溺《たんでき》する日々を送っている。二年前に卒《しゅっ》した父の重元《しげもと》が、同族の嫡流《ちゃくりゅう》にあたる岩手弾正《だんじょう》の居城を攻めて奪うなど、野心と剛強《ごうきょう》の人だったので、半兵衛は多くの美濃武士から嘲《あざけ》られることしきりであった。

「しみどの弟」

彦八郎は長井《ながい》新八郎・新五郎兄弟から、そう呼ばれたが、家屋の暗き所を好み、おもに本の紙を喰《く》う小さな昆虫をしみという。漢字では、紙魚、衣魚、蠹魚などと表す。この戦乱の世に、武士でありながら、自邸に閉じこもり、書物の知識だけで生きる半兵衛への揶揄《やゆ》である。

長井兄弟というのは、十七歳の美濃国主斎藤龍興《こくしゅさいとうたつおき》お気に入りの近習《きんじゅう》で、虎の威《い》を借《か》って傍若無人《ぼうじゃくぶじん》の振る舞いが絶えぬという。

「お屋形《やかた》が長井がごとき佞臣《ねいしん》を重用《ちょうよう》なさるは、まだお若くて、人を観《み》る目を養《やしの》うておいででないからだ。さように、伊賀守《いがのかみ》さまは嘆いておられます」

とは彦八郎の弁である。

半兵衛の舅《しゅうと》で、伊賀守を称す安藤守就《あんどうもりなり》は、氏家直元《うじいえなおもと》・稲葉良通《いなばよしみち》と並ぶ西美濃の実力者だが、近頃は龍興から遠ざけられている。

彦八郎と平助が菩提山の麓《ふもと》へ達すると、山路《やまじ》を小走りに下りてくる人たちが見えた。先頭の者は、髪を白布で桂包《かつらづつみ》にし、括袴《くくりばかま》の腰に大刀を帯びるという、妙な恰好《かっこう》である。

「あれが、さきほど申し上げた姉の於菟《おと》」

なぜか声を落とす彦八郎であった。

「それがしのせいで、機嫌が悪いようにございます」

病弱な半兵衛の身を案じる於菟は、少女のころから、竹中家はわたくしが守るという気概を燃やし、武芸稽古《けいこ》を欠かさぬそうな。

そんなふうに武張《ぶば》って、女か男か判《わか》らぬような姿で出歩く姉を、弟は少し恥ずかしく思う。彦八郎が今朝、誰にも告げずに城を出たのも、於菟に同行されるのがいやだったからである。

「姉の無礼な物言いは、どうかお赦《ゆる》し下されますよう」

彦八郎は急いで謝った。機嫌が悪いと、於菟は弟が招いた客に対しても何を言うか知れたものではないのである。

「まだ姉御《あねご》から何も言われておらぬ」

くすり、と平助は笑う。

(きっと仲の良い姉弟なのだ)

ふたりが待つほどもなく、目の前にやってきて仁王立ちになった於菟は、弟を睨《にら》みつけた。

「彦八郎。いずれへまいって……」

怒りを露《あら》わにしかけて、しかし於菟は、声を失う。連れの人馬を目に入れたからである。

見たこともない破格の人馬なのに、見たことがあるような気のする於菟であった。

「こちらは魔羅賀平助どの」

彦八郎から紹介されるや、その身に何が起こったものか、於菟は、胸を押さえて、腰砕けに頽《くずお》れ、気を失ってしまった。

「姉上」

彦八郎に抱き起こされ、揺さぶられても、於菟はそのままである。

従者らはうろたえた。於菟に限って、こんなことは初めてであった。

「血が上がったのでござろう。しばらく寝《やす》めば治る」

と平助が皆を安心させる。

於菟を平助が軽々《かるがる》と抱えて、彦八郎と共に城内へ入ったときには、あたりはすっかり暗くなっていた。

於菟を城の侍女《じじょ》たちに任せると、平助は彦八郎の案内で、城主館の客間へ通された。

「兄上に仔細《しさい》を話してまいります」

そう言って離れた彦八郎が、ほどなく、女人《にょにん》に随《したが》って戻ってきた。

まことにやさしげな面立《おもだ》ちのその女人を、嫂《あね》の結《ゆう》、と彦八郎は紹介した。城主竹中半兵衛の妻である。

「魔羅賀平助さま、義弟《おとうと》の危うきをお助けいただき、まことにありがとう存じます る」

「それがしは要《い》らざるお節介《せっかい》をいたし申した。彦八郎どのはひとりで立ち向かうお覚悟をおもちにござったゆえ」

するとと彦八郎が、頰を赧《あか》らめながらも、ちょっと胸を反《そ》らしてみせる。あのとき覚悟したのは本当だからである。

そんな義弟を眺めて結が微笑《ほほえ》んだので、平助もしぜんと笑みをこぼす。

（よい家だ、竹中家というのは……）

永《なが》く廻国《かいこく》の旅をつづける平助でも、これほど心地よい温かさに包まれた武家には、滅多に出逢えぬ。

「あるじ竹中半兵衛が挨拶《あいさつ》をさせていただきたいと申しております。お疲れでなければ、奥の座敷までご足労願えませぬでしょうか」

と結が申し出た。

「ご病身をおしてのお出ましは、よろしくない。夜中《やちゅう》のことで、冷えてまいったゆえ、どうか御床《おとこ》をお出にならぬように、とご城主にお伝えいただきたい。ご迷惑でなければ、ただいまより、それがしがご寝所《しんじょ》のお廊下まで挨拶にまいる」

お廊下まで、という平助の行き届いた心遣《こころづか》いに感じ入ったのか、結は少し眩《まぶ》しげな目をする。

「実は半兵衛は、義弟の汲んでまいりました養老の水を飲んで、気分がよろしくなり、はや床を払《はろ》うたのでござりまする。魔羅賀さま、なにとぞ」

丁重《ていちょう》に頭を下げる結であった。

きっと半兵衛は無理をしている、と平助は察した。が、ここまでされて、なお固辞《こじ》することはできぬ。

「されば、畏《おそ》れ多いことにてはござるが、お座敷へお伺《うかが》いいたす」

三

座敷の次之間《つぎのま》の前で、結は辞した。

次之間へ入った彦八郎が、座敷へ声をかけてから仕切戸《しきりど》を開《あ》け、敷居際《しきいぎわ》に座して、平助に向かって辞儀《じぎ》をする。先に座敷へ入るよう促《うなが》したのである。

正面の床《とこ》で香《こう》が焚《た》かれていて、甘くやわらかい匂いが平助の鼻をついた。

灯火の穂《ほ》は、ふたつ。床の前と、左手の廊下に面した腰障子《こししょうじ》の前で、揺れている。

腰障子を背に端座《たんざ》する者が、ゆったりとした動きで少し頭を下げ、それなり留《とど》まった。客が床の前、すなわち上座《かみざ》につくまで、頭を上げぬつもりらしい。

座敷内にほかに人が見あたらぬということは、

（これが竹中半兵衛どのか……）

平助はいささかおどろいた。城主ともあろう身が一介《いっかい》の牢人《ろうにん》を迎える形ではないからである。

城主も牢人もない、弟の命の恩人を迎えるのだという半兵衛の心が伝わり、かえって謝意を抱いた平助は、上座には向かわず、腰障子の前に並んで座った。

「不肖《ふしょう》の身に過ぎたるおもてなし。お心はよくよく伝わってござる。この上の押し問答はお躰に障《さわ》りましょうゆえ、どうかお直《なお》りを」

平助の言う押し問答とは、座を譲り合うことである。

それと半兵衛も察したのであろう、会釈《えしゃく》して座を立った。

ところが、半兵衛は、床の前には座をとらず、そこに置かれた短檠《たんけい》を手にして、平助の対面に身を移した。後ろは壁である。

「これでご容赦《ようしゃ》願いたい」

本来の上座は空《あ》けたままでも、廊下側の平助から見れば、半兵衛はいちおう上座ということになる。

（美濃にこれほど奥ゆかしき御仁《ごじん》がいたとは……）

いよいよ惹《ひ》かれる平助であった。

半兵衛の火明かりに浮かんだ姿を、あらためてよくよく眺めれば、白皙痩身《はくせきそうしん》という形容が、これほど相応《ふさわ》しい男はいまい。

といって、冷たい相貌《そうぼう》ではない。穏《おだ》やかそのものである。穏やかすぎて、ひどく老成した印象すら与える。とても二十一歳には見えぬ。

彦八郎も座敷内へ入り、次之間との仕切戸を背に座したところで、

「弟のこと、深く御礼申し上げる」

ことばどおり、半兵衛は深々と頭を下げた。声音《こわね》も、風貌に似てやさしげである。

「それがしこそ、ひと夜の宿《やど》をお与えいただき、ありがとう存ずる」

「幾日、幾夜なりと、お望みのままご逗留《とうりゅう》願いたい」

「さようにございます、魔羅賀どの」

と彦八郎が、声をはずませて口を挿《はさ》んだ。城主たる兄の許しが出たのだから、平助にはいつまでも留まってもらいたい。

「逗留などと申されず、当家にお仕《つか》えいただけぬでしょうか。ね、よろしいでしょう、兄上も」

「彦八郎。魔羅賀どのを召《め》し抱《かか》えるなど、思いもよらぬこと」

「仰《おお》せの意味を判りかねます」

彦八郎はむっとした。

「於菟が正気《しょうき》づいたら、聞いてみるがよろしい」

いま於菟は居室《きょしつ》で寝んでいる。

次之間に人の気配がした。

「お膳《ぜん》をお持ちいたしてござりまする」

仕切戸が開けられ、結とふたりの侍女が膳を捧《ささ》げ持って入ってくる。

「於菟どのが気づかれました」

結が言ったので、彦八郎ひとり、座を立った。

「あら。彦八郎どのの分もご用意いたしましたのに」

「嫂上《あねうえ》、申し訳ありませぬ。於菟姉に聞きたいことがございますので」

彦八郎は足早に出ていく。

目の前に置かれた膳を見て、平助はおもてを綻ばせた。

「やあ、大変なご馳走《ちそう》にござる」

鯉《こい》の煮つけに、漬物《つけもの》、梅干、味噌汁。

公家《くげ》や大名やよほどの有徳人《うとくじん》でない限り、食事は質素を余儀《よぎ》なくされたのが、食料の限られた戦国期である。平助に供《きょう》された膳は、掛け値なしのご馳走といえよう。

結が平助の前で飯櫃《めしびつ》の蓋をあけた。

平助は目をまるくする。

香り高き湯気を立ち昇らせる飯は、ふっくらと炊《た》きあがった白米ではないか。

米は貴重なものなので、ごく一部の上流層以外は、精白《せいはく》などせず、まるごと、つまり玄米で食べる時代である。だから、米の色といえば、赤や黒。しかも、米粒の少なくてすむ雑炊《ぞうすい》とか、粟《あわ》や稗《ひえ》や菜《な》っ葉《ぱ》などを多く混ぜるかて飯が当たり前であった。

「これは、頂戴《ちょうだい》……」

ごくり、と平助は生唾《なまつば》を飲む。炊きたての白米に目がないのが、みずから認める弱点なのである。

「でき申さぬ」

断腸《だんちょう》の思いで、平助はことわった。戦場で大いに働いたのなら遠慮なく頂戴するが、いまはあまりに贅沢《ぜいたく》すぎる。

半兵衛が微笑んだ。

「弟の命を助けて貰《もろ》うたのでござる。どれほどの礼をいたしたところで及ばぬこと。せめて、いちばんのご好物を召し上がっていただきとう存ずる」

いちばんのご好物と言われて、平助は訝《いぶか》った。

(半兵衛どのは、おれのことを存じておられるということか……)

考えてみれば、まことによき頃合《ころあ》いに炊きたての白飯が出てきた。そうするためには、彦八郎から魔羅賀平助の名を聞いた時点で、半兵衛は炊《かしき》を命じておかねばなるまい。

ただ、そうであったとしても、平助の武名《ぶめい》ならともかく、何よりも白飯が好きだということまで知っているとしたら、半兵衛は菩提山城に居ながらにして、世の中の様々な事柄に通じているのやもしれぬ。

「なれど、半兵衛どの……」

なおも固辞しようとする平助を、半兵衛が手を挙げて制した。

「この上の押し問答は空腹に障りましょうゆえ、どうかお箸《はし》を」

やられた、と平助は思った。

「されば、遠慮のう」

結が椀《わん》に盛ってくれた白飯を、平助は箸で大きくひと掬《すく》いして、口へ放り込んだ。

(半兵衛どのに陣借りいたさねばなるまい……)

ほどなく、足音も騒々《そうぞう》しく戻ってきた彦八郎が、いきなり平助の前に座り、

「魔羅賀どのは、陣借り平助どのにあられるのでございますね」

上体を乗り出して、まじまじと瞶《みつ》めた。艶やかな頬《ほお》をすっかり上気させている。

「無礼にございますよ」

と結にたしなめられても、

「嫂上はご存じないのでございますか、陣借り平助どののご武名を」

その場を動かず、目を輝かせて、平助を見つづける彦八郎であった。

彦八郎も、かねて陣借り平助の武名を、於菟から聞かされていた。武張ったことの好きな於菟は、天下の豪傑の伝聞をよく集めているのである。

ただ彦八郎は、陣借り平助という異名《いみよう》は忘れぬものの、姓を聞いた記憶がないので、自分を助けてくれた魔羅賀平助を結びつけようなどと思いもしなかった。平助という名はいささかもめずらしくないのである。

しかし、於菟は言った。あの御方《おかた》こそ陣借り平助どの、と。

そして、兄半兵衛もまた、魔羅賀平助がその人であると見抜いたからこそ、於菟に聞いてみよと言ったのだ、と彦八郎はようやく理解できた。

同時に、魔羅賀どのを召し抱えるなど思いもよらぬこと、という半兵衛のことばの意味も判った。

その豪勇を、将軍足利義輝《あしかがよしてる》より、

「百万石《ごく》に値《あたい》する」

と評され、日本中の大名が召し抱えることを望んでいるといわれる陣借り平助である。城持《しろも》ちとはいえ、美濃のいち小名《しょうみょう》に過ぎぬ竹中家には、分不相応《ぶんふそうおう》というほかない。

「彦八郎」

こんどは半兵衛から叱られて、さすがに彦八郎も、自分の座へ直った。

平助は、箸と飯椀を置いて、ぽりぽりと頭を掻いた。

腕白小僧《わんぱく》がいたずらを見つかって叱られたときみたいな、なにやらばつの悪そうなその風情《ふぜい》は、半兵衛と結の微笑を誘った。

四

陣借りとは、いくさのあるところへ参じ、許しを得て、文字通り陣を借りることをいう。つまりは、傭兵《ようへい》である。

厳島《いつくしま》合戦で、寡兵《かへい》の毛利元就《もうりもとなり》軍に陣借りして、たったひとりで陶晴賢《すえはるかた》の旗本を斬り崩し、元就勝利の立役者《たてやくしゃ》になったことで、〈陣借り平助〉の武名は一挙に天下に喧《けん》伝《でん》された。

以後の活躍も、まことにめざましい。

三好長慶《みよしながよし》軍との京都白川口《しらかわぐち》の合戦では、足利義輝を警固《けいご》し、三好勢の主将松永久秀《まつながひさひで》にひと太刀《たち》浴びせている。

織田信長《おだのぶなが》の桶狭間《おけはざま》の大勝利は、陣借り平助の突入があったればこそと伝わる。

小田原《おだわら》城包囲の上杉輝虎《うえすぎてるとら》（謙信《けんしん》）率いる十万の大軍を、北条氏康《ほうじょううじやす》が追い返すことができたのも、攻城軍の混乱を招く陣借り平助の乾坤一擲《けんこんいってき》の出撃のおかげという。

また、川中島《かわなかじま》合戦においては、武田信玄《たけだしんげん》の軍師山本勘介《やまもとかんすけ》に陣借りし、上杉勢を五十名余りも討ち取った。

それほどの武人を迎えたのだから、彦八郎の興奮は当然のものであったろう。

炊きたての白飯をたらふく食べた平助は、そのあと、しばし半兵衛と酒を酌《く》み交《か》わし、なんでも聞きたがる彦八郎の対手《あいて》もしてから、ようやく客間へ引き上げた。

さすがにいささか疲れた躰を、寝床にもぐりこませようとしたとき、訪れる者がいた。

「半兵衛の母じゃ。不躾《ぶしつけ》を承知で、少し話がしたい」

平助は、みずから戸を開けて、尼姿《あますがた》の人を招《しょう》じ入れた。半兵衛の母は、良人《おっと》重元の死後、剃髪《ていはつ》して、月真《げっしん》と称す。

その昔、斎藤道三《どうさん》と義龍《よしたつ》が決戦に及んだとき、重元が道三に属して出陣したさい、城主不在の菩提山城へ、義龍側の不破河内守《ふわかわちのかみ》が攻め寄せてきた。これを月真は、みずから城兵を指揮して撃退したという武勇伝をもつ、と彦八郎から聞かされた平助である。目の前の月真は、たしかにその猛女《もうじょ》の俤《おもかげ》を残す。何より、尼だというのに眼光が鋭い。

「ご挨拶が遅れ申した。それがし、魔羅賀平助と申す」

「彦八郎の命をお助け下されたそうな。感謝いたしますぞ」

平助に向かって掌《て》を合わせた月真だが、辞儀を低くしたのは、この一瞬のみである。

「平助」

いきなり呼び捨てにされた。

平助という男は、こんなことで気分を害しはしない。むしろ、おもしろい尼どのだ、と興味をもった。

「夜更《よふ》けゆえ、用件のみを申す」

月真は謝辞を伝えにきただけではなかったようだ。

「むすめの於菟が気を失《うしの》うたのは、長い間恋《こ》い焦《こ》がれていた殿御《とのご》に会えたからなのじゃ」

「恋い焦がれていた殿御とは……」

「陣借り平助。お手前《てまえ》じゃ」

「それはうれしゅうござる」

半兵衛の態度などから、薄々《うすうす》勘づいてはいたものの、平助は素直に悦《よろこ》んでみせた。

（婿《むこ》になれということかな……）

もしそうなら、話は別である。於菟に限らず、女が誰であっても、いまの平助に妻を娶《めと》る気はさらさらない。

「なれど、於菟も妙齢《みょうれい》。一、二年のうちには、しかるべき美濃武士に嫁《とつ》がねばならぬでのう」

それで平助は察した。婿になってくれというのではなく、嫁入り前のむすめの心を乱してほしくないということらしい。

半兵衛のことばに甘えて、しばらく逗留し、いくさがあれば白飯の返礼に陣借りするつもりでいた平助である。彦八郎にせがまれ、明日は鎗《やり》の稽古をつけてやる約束もしてあるのだが、そういう事情ではやむをえぬ。

「相分《あいわ》かり申した。それがし、早々《そうそう》にご当家を退散いたす」

ところが、意外なことに、月真はかぶりを振ったではないか。

「城におるがよい」

「仰せの意を判りかねるが……」

「恋を知らぬまま嫁ぐは、女の不幸。たとえ短い間でも、われから想《おも》いを寄せた殿御の身近《みぢか》で過ごすことができたのなら、女にとって、これほど美しき思い出はない」

見かけによらぬことを言うものだ、と平助にはちょっとおかしく思えた。

「尼どの。それでは、いずれ良人になる男が堪《たま》らない。妻の心が別のところにあることになり申す」

「女は殿御とは違う」

艶然《えんぜん》と月真が咲《わら》ったので、平助は不気味さをおぼえた。

「恋は恋、良人は良人。思い出をひきずりはせぬ。於菟も、嫁いだら、平助のことなど忘れるであろう」

「ははあ……」

「平助は常のとおりにしておればよい」

「尼どのは、それがしの常のとおりをご存じあるまい」

「常の平助は女子《おなご》とはどのように接するのか」

と逆に月真が訊《き》き返す。

「心のおもむくままにござる」

「その気になれば、肌身《はだみ》を合わせもすると申すのじゃな」

「さようにござる」

すると、月真はまた妖しげな笑みを浮かべて、

「何よりのこと」

と言った。

「何より……と仰せられたか」

「申した。焦がすのが心だけでは、恋とは言えぬ。女の身も焦がしてこその恋」

いよいよ不気味さをおぼえる平助である。

「なれど尼どの、それがしは、謀《はか》って色恋《いろこい》をなしたことはござらぬ」

「もとより、唆《そそのか》しているのではない。逗留中、於菟との間に何も起こらなければ、それはそれで是非《ぜひ》もない」

こんなふうに言われては、平助も於菟のことを意識せざるをえない。何も起こらぬ

はずはなかろう。

「平助」

月真が居住《いず》まいを正した。

「戦国の世では、家が生き残るための道具とならざるをえないのが武家の女。周りの決めた殿御へ嫁ぐ前に、於菟にはせめて一度なりとも、恋というものを味わわせてやりたい。これは、母として、そして同じ女としての思いのみのことにて、他意《たい》はないのじゃ」

語りながら眼を潤《うる》ませた月真だが、どこまで本気なのか、察しがたい。

（あるいは、この尼どのにも、竹中家へ嫁ぐ前、恋い焦がれた男がいたのやもしれぬ……）

そう思うと、女の哀《かな》しさを垣間見《かいまみ》たような気のする平助ではあった。

「陣借り平助、いくさは殿御の弓矢刀鎗《ゆみやとうそう》の沙汰《さた》に限らぬぞ。こたびは、この月真に陣借りいたせ」

恋の陣借りなど聞いたことがない。だが、平助が言質《げんち》を与えないまでも、前向きの姿勢だけでも見せなければ、とてものこと引き下がってくれるような月真ではないであろう。

「何の約束もいたし申さぬ。ただ、尼どのが仰せられたように、それがしは常のとおりにいたす」

「それでよい」

ようやく、月真は辞した。

(妙な具合になったなあ……)

苦笑しつつも、襲ってきた睡魔《すいま》に身をまかせる平助であった。

五

翌朝、目覚めた平助は、夜具《やぐ》を畳《たた》んで、寝衣を脱ぎ、自分の衣類を手に廊下へ出たところで、人とぶつかりそうになった。

「あ……」

不意のことにおどろいた対手は、声をあげ、足を滑らせてのけぞり、両腕に抱えていた盥《たらい》を放り上げてしまう。

とっさに平助は、衣類を捨てて一歩踏み出し、左腕を対手の背へ回してその転倒を防ぐと同時に、落ちてきた盥を右掌《みぎて》に受けとめた。張ってある水を零《こぼ》さずに。

抱きとめた人を、まじまじと眺める。

肩裾《かたすそ》に梅花、胴明《どうあ》けに浅葱水玉《あさぎみずたま》という小袖《こそで》がよく似合って、美しい。だが、頬の両側から垂らした鬢枇《びんそぎ》の髪を、両拳《りようこぶし》に握りしめているのがおかしかった。思わず摑《つか》んでしまったという感じである。

「やあ、於菟どのにござったか」

平助は笑顔を向けた。

「は……はい」

顔を仰向けのまま、於菟はうなずく。

盥水は平助の洗顔に使ってもらうため用意したものである。

一方、朝は冷水を頭からかぶって身を引き締めたい平助は、井戸場まで行くところであった。

平助が下帯《したおび》ひとつの裸形であることに気づいた於菟は、小さく悲鳴をあげて、巨軀の胸を力いっぱい突きのける。

客間の前にひろがる庭へ、両肩に鎗を担いだ彦八郎が弾《はず》むような足取りで入ってきた。早くも朝飯前に、平助から鎗稽古をつけてもらおうとやってきたところである。

彦八郎の目は、廊下を足早に走って、鉤《かぎ》の手《て》曲がりの向こうへ消える女人の姿を捉《とら》えた。

「あれは……」

姉の於菟のように見えたが、すぐに思い直す。於菟があんな女らしい装《なり》をするはずがない。

客間に向かってさらに歩をすすめて、彦八郎は目をまるくした。

廊下に、下帯ひとつで、頭からずぶ濡れの平助が立っているではないか。沓脱《くつぬぎ》の上には、裏底を上向けた盥が落ちている。

「顔を洗《あろ》うたところだ」

と平助は言う。

「はあ……」

わけの判らぬ彦八郎であった。

「半兵衛どのはお目覚めであろうか。朝のご挨拶を申し上げたい」

「兄上なら、出かけましてございます」

「それはお早い」

「舅どののお使者がまいって、火急《かきゅう》の用向きとかで」

「まだお加減がすぐれぬであろうに、難儀《なんぎ》なことだ」

「いいえ、大事ありませぬ。昨夜の魔羅賀どのとの一時が愉《たの》しくて、病など吹き飛んでしまった、と嫂上に仰せられたそうにございます」

「それはよかった。ならば、彦八郎どの、稽古をいたそう」

「はい」

若い男子の元気のよい返辞は、山城《やましろ》の早春の朝に似つかわしい。

躰を拭《ぬぐ》い、着替えを済ませてから、庭へ出た平助は、

（なるようにしかならぬ……）

他人事《ひとごと》のように思う。

ひと晩だけ泊めてもらうつもりが、このぶんでは当分、竹中家の厄介《やっかい》になりそうなのである。

平助は、彦八郎の用意した鎗を一筋《ひとすじ》、手にすると、柿の木の前に立って、構えた。

「彦八郎どの。少し離れていられよ」

それなり、微動《びどう》だにせぬ。

（何をなさるおつもりなのだろう……）

平助から距離をとった彦八郎が訝っていると、ぴいちゅる、ぴいちゅるという鳥の囀《さえず》りが聞こえた。

見上げた空から、雲雀《ひばり》が一羽、一直線にめざましい迅《はや》さで降下してくる。

あっ、と彦八郎は息を飲んだ。落《おち》雲雀が平助の構える鎗の穂先にとまったのである。平助が人の気配を完全に消し去らなければ、起こりえぬ現象であろう。

さらにおどろくべきことが起こった。雲雀の胴が穂先に貫《つらぬ》かれたのである。

彦八郎の目にはとまらなかったが、野性の本能を凌《しの》ぐ神速《しんそく》の引きと突きが行われたに違いない。

しかし彦八郎は、これほどの超絶《ちょうぜつ》の技《わざ》を見せられたのに、喝采《かっさい》するでもなく、自分のほうへ振り返った平助から、視線を逸《そ》らせた。

平助が、雲雀を串刺《くしざ》しにしたままの鎗を携《たずさ》えて、彦八郎のもとへゆく。

「酷《むご》いことをすると思われたであろう、彦八郎どの」

「…………」

彦八郎はこたえぬ。おもてに、戸惑《とまど》いと、いささかの恐怖を滲《にじ》ませている。

「無益《むえき》の殺生《せっしょう》を重ねるのが、いくさと申すもの。そして、殺すのは、鳥や獣ではない。われと同じ人にござる。このことを思い知らずして、いたずらに弓矢刀鎗をふるうてはなり申さぬ。いま彦八郎どのが湧かせた嫌悪《けんお》の情と生命《いのち》を慈《いつく》しむお心を、この先、幾度いくさ場に出ても、かまえてお忘れなきように」

ふいに彦八郎が、その場に座り込んで、おのれの鎗を膝前《ひざまえ》に横たえ、ひたいを地へすりつけた。

「竹中彦八郎、まことの武人になりとう存じまする。なにとぞ、お導きを」

いまの鎗技を見て、もし彦八郎が、お見事などと歓声を上げたり、拍手をしたりするような若者であれば、稽古はつけぬつもりの平助だったのである。

だが彦八郎は、土下座《どげざ》をもって覚悟を示したばかりか、まことの武人、と言った。

平助の心を察した証拠である。

(さすがに半兵衛どのの弟御)

平助は、彦八郎の手をとって、立ち上がらせた。

このふたりのやりとりを、廊下の角に立って、蕩《とろ》けそうな顔つきで盗み見ている者がいた。於菟である。

本巣郡北方《もとすごおりきたがた》の安藤伊賀守によばれた半兵衛が、日暮れ近くに帰城した。

やがて皆が寝所へ入った頃合い、その半兵衛から、平助はひとり、城主の居間へ招かれた。

「お手を貸していただけまいか」

控えめなようすで、半兵衛が申し出た。疲れた表情である。

「もとより、そのつもりで、逗留させていただいており申した」

半兵衛を励《はげ》ますように、平助はにっこりする。

「かたじけない」

「されば、これにて」

と平助は座を立った。

「何もお訊《たず》ねなさらぬのか」

いつも物静かな半兵衛が、めずらしくおどろいて、少しだけ声を高くした。

「一介の陣借り者に、大事の仔細を明かしてはなりますまい。その日が参ったら、それがしのなすべきことのみ伝えていただければよろしゅうござる」

それなり、平助は背を向けた。

見送る半兵衛は、頭を下げ、平助が戸を閉《た》てて去ったあとも、しばらくそのままでいた。疲れの色が消えて、やわらかい笑みを湛《たた》えている。平助の放った爽気《そうき》を吸い込んだからであろう。

しかし、その後の半兵衛は、常と変わらぬように見える日々を送りつづけた。

六

（おもしろい御仁だ……）

素《す》っ裸《ぱだか》で井戸水を頭からかぶりながら、平助は半兵衛のことを考えている。

竹中半兵衛という男を、一言で表現するなら、清涼なる策士。平助がいままで出会ったことのない型の武士といえよう。

お手を貸していただけまいか、と要請されてから、半月が経《た》つ。

半兵衛は何もしていないとみせて、何かしているのだが、平助だけがそれと察せられるのは、事前に助力を要請されたからである。そうでなければ、自分も余人《よじん》と同様、何も気づかぬに違いない、と平助は思う。

半兵衛の為《な》そうとしているのが、具体的にどんなことなのかまでは、察せられぬ。が、動機は想像がつく。

（この国を憂《うれ》えているのだろう）

美濃国は、斎藤義龍の急死後、隣国《りんごく》尾張《おわり》の風雲児織田信長の圧迫を受けつづけている。そのうえ、義龍の遺児《いじ》龍興が、とてものこと国主の器《うつわ》ではない。龍興は、諫言《かんげん》する忠臣を毛嫌《けぎら》いし、政《まつりごと》を諂《へつら》い者の側近《そっきん》に任せきりにして、ひたすら酒色に溺《おぼ》れる毎日であった。そのせいで、美濃武士の大半は大いなる不安を抱き、それぞれが身勝手に先行きのことを考え始めている。亡国の兆《きざ》しといえよう。

このままでは、美濃は間違いなく信長の手に落ちる。いかに諫《いさ》めても、龍興が素行《そこう》をあらためないのなら、心ある家臣の考えることは、ひとつ。国主の首のすげかえである。

ただ、国主に相応《ふさわ》しい者が、他にいるのかどうか。この場合、血筋を第一に考えては、過《あやま》ちを犯すことになる。泰平《たいへい》の世ではないのだから、器量を優先しなければなるまい。

平助が知りうる限り、それほどの器量人は美濃に存在しそうもない。ただひとりを除いては。

（半兵衛どのなら一国を統《す》べることができよう……）

しかしながら、半兵衛がそういう野心をもたぬ男であることは、平助には判る。たとえ美濃武士すべてから望まれたとしても、必ず固辞するに違いない。

半兵衛はいかにして美濃を救うのか。そのときのくるのが、平助には楽しみであった。

平助は、濡れた躰のまま、天を仰ぎ、大きく深呼吸をする。

「きょうも気持ちのよい朝にござるな」

背後に寄った人へ、平助は言った。

俯《うつむ》きながら、おずおずと手拭《てぬぐい》を差し出したのは、於菟である。

「いつもかたじけない」

受け取って、平助は躰を拭う。

その間、於菟は背を向ける。

この十日ばかり、つづけられていることであった。

平助が頼んだわけではない。於菟のほうからそれとなく始めたことが、暗黙のうちに日課となった。

「昨日の夕餉《ゆうげ》の蕗《ふき》味噌は、於菟どのがお作りになったと伺《うかご》うた。大層、旨《うも》うござった」

下帯を着《つ》けながら、平助は言った。

「嫂上に教《おそ》わりましてございまする」

含羞《がんしゅう》の風情で、しかし少し声をはずませて、於菟はこたえた。

「教えられてすぐに出来るのは、筋《すじ》がよい証《あかし》。於菟どのは料理上手になり申そう」

「そのような……」

背を向けたまま、於菟はかぶりを振る。

手早く胴衣も袴《はかま》も着けた平助が、於菟の前へ回り込む。

「琵琶湖《びわこ》を見にゆかぬか、於菟どの」

「え……」

「春の光を浴びた琵琶湖は美しゅうござるぞ」

平助の思いがけぬ誘いに、於菟は真っ赤になった。

「遠《とお》うござりまするゆえ、わたくしは……」

菩提山から琵琶湖の岸まで出るのに、七里ほどもあろう。往復十四里は、たしかに近くはない。

「日の暮れる前に戻るとお約束いたそう。馬出《うまだし》にてお待ち申し上げるゆえ、於菟どのは急ぎ、握り飯をお作り下され」

屈託《くったく》ない笑顔と、お頼み申すという一言を残して、平助は足早に去ってゆく。

しばし息苦しそうに胸を押さえていた於菟だが、その昂奮《こうふん》が収まると、えもいわれぬ笑みをこぼして、小走りにその場をあとにした。

馬屋《うまや》から愛馬を曳き出した平助は、高峻《こうしゅん》の平頸《ひらくび》を撫《な》でながら、頼み事をし始める。

「済まぬが、そなたの背に於菟どのを乗せてくれぬか」

するとぷいっと横を向いて、知らん顔をする丹楓であった。

この牝馬《ひんば》は、おそろしく気が強く、平助以外の人間を、決して乗せようとせぬ。無理にでも乗ろうとする者を、必ず振り落とす。

そのうえ、嫉妬心《しっとしん》も強い。平助に恋する女を乗せるなど、丹楓にとってはもってのほかのことであった。

「聞き分けてくれ」

それでも懇願する平助だが、丹楓が強く振った頸に撥《は》ねのけられる。

(仕方ない。伝家《でんか》の宝刀《ほうとう》を抜くか)

平助は、丹楓の鼻先へ身を移し、真摯《しんし》の眼差《まなざ》しを送る。

「丹楓。これは、陣借りである」

この一言ばかりは、丹楓も弱い。おのれの生き甲斐《がい》は平助の陣借りに役立つこと、とわきまえているのである。

ほどなく、筒袖《つつそで》上衣と括袴姿の於菟が、布袋《ぬのぶくろ》を提《さ》げ、馬を曳いてやってきた。布袋の中身は、竹皮で包んだ握り飯である。

平助は、鞍《くら》をおいた丹楓の背に乗ると、鞍上《あんじょう》より腕を伸ばして、於菟を軽々と抱き上げた。

「あ、何をなされまするか」

於菟の声は怒ったそれではない。おどろきと羞恥《しゅうち》である。

於菟の腰は、平助の逞《たくま》しい両股《りょうもも》の間に、横抱きに収められた。

「それがしの首に腕を回されよ」

「お恕《ゆる》し下さいまし。あられもないことにございまする」

蚊の鳴くような声で抗《あらが》った於菟の腰へ、平助は右腕を回すと、左手に手綱《たづな》をとった。

「あられもないのが、恋にござる」

平助は、馬腹を軽く蹴った。

瞬時に応《こた》えて、丹楓は駈《か》け出した。

当時の純粋の日本馬は、馬体《ばたい》が小さくて、二人乗りなど望むべくもない。が、アラブ種の血が混じる巨馬の丹楓には、それが可能なのである。

揺れる馬上で、於菟は両腕を平助の首に回した。それればかりか、言われもしないのに、広い胸へ顔を埋《うず》めた。

七

日の沈む前に琵琶湖行きより戻った平助は、暇《いとま》を置かず、半兵衛に居間へよばれた。

「明日、稲葉山《いなばやま》城に久作《きゅうさく》を見舞いたいと存ずる」

久作というのは、半兵衛の三歳下の弟で、彦八郎には兄にあたる。

国主斎藤龍興の居城に久作がいるのは、勤仕《ごんし》するのと同時に、人質の立場でもあるからである。主君が有力家臣の謀叛《むほん》や敵への寝返りをふせぐために、その子弟《してい》を人質にとっておくのは、武門《ぶもん》のならいというべきことであった。

六、七日前から病床にある久作のために、半兵衛が先に看護《かんご》の者らを遣《つか》わし、たくさんの見舞いの品々も届けさせたことは、平助も知っている。

「魔羅賀どのにもご同道願いたい」

供《とも》をせよと言わないところが、半兵衛らしい。

「畏《かしこ》まってござる」

ようやく半兵衛の手並《てな》みを見られそうである。

「して、それがしは何をいたせば」

「この半兵衛の警固を」

「襲うてくる者は、斬り捨ててかまわぬのでござろうや」

これには、半兵衛は首を縦にしない。

「ただ禦《ふせ》いでいただければ、よろしゅうござる」

「ただ禦げ、と」

「魔羅賀どのでなければ、できぬことと存ずる」

「誰も殺さぬいくさをなさると言わるるか」

「幾人かは、わたしと、手の者が斬ることになりましょう」

平助はのちに知ることになるが、このとき半兵衛がどうしても討たねばならぬと期《き》していた者は、主君龍興を籠絡《ろうらく》して、政をほしいままにする奸臣《かんしん》ども、すなわち日根《ひね》野備中守《のびっちゅうのかみ》、斎藤飛驒守《ひだのかみ》、長井新八郎・新五郎兄弟の四人であった。

わけても、近江《おうみ》の浅井《あざい》長政《ながまさ》に通じる日根野備中守は、いずれ長政を稲葉山城へ迎え入れ、龍興を幽閉《ゆうへい》した上で、浅井とともに織田に対抗しようという謀《はかりごと》をめぐらせていた。現実に、前国主《さきの》義龍の急死の直前、浅井勢が美濃に乱入したことがあり、その手引きをしたのが備中守である。美濃国を建て直す荒療治《あらりょうじ》といえなくもないが、江北《ごうほく》の若き狼《おおかみ》に国を売るなど、半兵衛から見れば、取り返しのつかぬ愚行としかいいようがなかった。

「彦八郎を連れてまいりたいと存ずるが……」

そこで半兵衛は、ことばを切って、平助を見た。意見をもとめたのである。

「このときを期して、一手のみ授《さず》け申した。弟御は、朝な夕なに飽《あ》くことなく励んでおられる」

平助が彦八郎に伝授した鎗の技は、迅く突く、それのみであった。

「かたじけない。明日は彦八郎には初陣《ういじん》といたしましょう」

それから半兵衛は、明日の策戦《さくせん》行動について簡潔に語ってから、一刻《いっとき》後に奥の座敷へお出まし願いたいと言った。

応諾して、平助は辞した。

一刻後、座敷へ出向いた平助は、思いもよらなかった宴《うたげ》に列《れっ》することとなる。

上座に、一組の男女が据《す》えられていた。男は平助の知らぬ者だが、女は於菟であ
る。

その左に居流れるのが、半兵衛と結。右には、月真と彦八郎。それぞれの前に、常より副菜《ふくさい》の数の多い膳が置かれている。

平助は、彦八郎の隣の座についた。

「わたしの従兄弟《いとこ》で、竹中源助《げんすけ》と申す」

上座の男を、半兵衛が平助に紹介する。

三十歳前後とみえる源助は、おかしなほど律儀《りちぎ》そうな顔つきで、平助に丁寧《ていねい》に挨拶してから、

「半兵衛どのより、この菩提山城の留守居《るすい》を仰せつかってござる」

と言った。

ここにいる人たちは、明日のことを半兵衛から明かされたらしい。彦八郎が早くもおもてを強張らせ、躰をがちがちにしていることで、それは知れる。

「これより、ささやかながら、源助と於菟の祝言《しゅうげん》を挙げるのでござる」

半兵衛からそう告げられ、平助は、さすがに目を剝いた。

「魔羅賀どのには、突然のことで、さぞおどろかれたことと存じまする」

半兵衛のことばを引き継いで、話しはじめたのは、月真である。

「おどろき申した」

素直に平助はうなずいた。皆の手前であるせいなのか、月真の物言《ものい》いがやけに丁重であることにも、おどろいている。

「女子の幸せは、妻となり、子をなして、穏やかに暮らすこと。於菟のふたりの姉は、すでに、それぞれ嫁いで、幸せな日々を送っておりまする」

「さようで」

「なれど、明日、半兵衛が敗れれば、竹中家は一族ことごとく滅ぼされましょう。於菟ひとりが、女子の幸せを何ひとつ知らぬままでは、あまりに不愍《ふびん》。於菟にはせめて、妻となる悦びだけでも味おうて貰《もら》いたい。さように思うて、慌ただしきことながら、許婚《いいなずけ》の源助どのをこれへ招《よ》んだ次第にござりまする」

「許婚がおられたとは、初耳《はつみみ》にござる」

「魔羅賀どのに最初にお会いしたとき、申し上げました。於菟は一、二年のうちにしかるべき美濃武士に嫁がねばなりませぬ、と。それが源助どののこと。余儀なき仔細にて、早まっただけのことにござりまする」

平助が勝手に思い違いしたのだ、と居直《いなお》ったような月真の言いぐさではないか。

許婚がいると判っていれば、平助はきょう、於菟と琵琶湖まで遠駈《とおが》けに出かけることなど、決してしなかった。それどころか、毎朝、井戸端《いどばた》で裸身を於菟の目にさらして、手拭を受け取るような真似もしなかったろう。

(どうやら、尼どのに嵌《は》められたらしい)

しかし、月真はなぜ、平助をけしかけるようなことをしたのか。

恋を知らぬまま嫁ぐのは女の不幸。そんなことばは、いまは偽《いつわ》りとしか思えぬ平助であった。月真の真意が、いまひとつ判らぬ。

上座を見やると、花嫁の潤んだ目と合った。悲しいのか、ひょっとして嬉しいのか、それとも両方なのか、はたまた、まったく別の感情なのか、平助には推《お》し量《はか》り難《がた》い。ただ、どこか潔《いさぎよ》さを漂わせたような表情とも見える。

於菟が、いちど皆を眺め渡してから、口を開いた。

「明日、兄上と彦八郎、そして久作兄が、万一ご武運これなく、相果《あいは》てることになりましょうとも、わたくしは決してうろたえませぬ。愛する人たちは、いつも於菟の心の中で生きておられまする。お大切なご出陣前に、このようなハレの席をご用意下されしこと、於菟は終生《しゅうせい》忘れませぬ」

さいごの一言のさい、於菟の視線が自分に向けられたのが、平助には判った。

「兄上」

彦八郎が、湿《しめ》りそうになる声をことさら大きくし、笑顔をみせる。

「必ず大事を成就《じょうじゅ》いたし、あらためて盛大に姉上のご婚儀を行おうではありませぬか」

「さよういたそう」

半兵衛も微笑んだ。

「そのときは、魔羅賀どのも、もういちど」

当然のことのように、彦八郎は平助を誘った。

だが、平助の返辞を待たずに、

「さあ、源助どの」

と月真が、酒の入った提子《ひさげ》を手にした。

「於菟も。契《ちぎ》りのお盃《さかずき》を」

こうして始まったささやかな婚儀の祝宴は、しかし、大事を控えているので、半刻《はんとき》ほどでお開きとなった。

夜更けて、客間の平助に、訪《おとな》いを入れる者があった。予想されたことであったので、平助はおどろきもせず、招じ入れた。

何を収めてあるのか、蒔絵《まきえ》、漆塗《うるしぬ》りの大きな筥《はこ》を持参した月真である。

いきなり、月真は礼を言った。

「於菟にお胤《たね》を授かり、ありがとう存じまする」

あっ、と平助は、一瞬にして腑《ふ》に落ちた。

月真の狙いは、天下の諸侯《しょこう》が挙《こぞ》って召し抱えたがっている陣借り平助の子胤《こだね》だったのである。

「それがし、於菟どのに何もしておらぬ」

やられっぱなしは業腹《ごうはら》なので、平助はそう言った。

「見え透《す》いた偽りを」

ほほほ、と声立てて、月真は笑う。

平助と於菟は琵琶湖の畔《ほとり》で睦《むつ》み合った。が、誰にも見られていない。

「於菟どのが申されたか」

「そのようなこと、むすめが明かすはずはないであろう」

「ならば、何故《なにゆえ》お判りになる」

「遠駈けより戻りしときの於菟の顔、躰つきにて一目瞭然《いちもくりょうぜん》」

「大層なご眼力《がんりき》だ」

「お怒りか」

「あきれただけにござる」

「後《あと》の祭《まつり》と申すもの」

「一度限りで身籠《みご》もられるとお思いか」

「女子は不思議な生き物にて、恋する殿御と交《まじ》わると子ができやすい」

「なんでもようご存じだ」

ふと、平助は、別の疑念を湧かせた。

「最初の夜の炊きたての白飯も……」

「わたくしが支度《したく》させたもの」

あっさりと月真は白状する。

「それがしが白飯に目のないこと、どうしてご存じにあられた」

「この地は、近江国に近いゆえ、浅井や六角《ろっかく》に関わることは、よく伝わってまいる。先年、平助が浅井に陣借りし、野良田《のらだ》合戦でめざましい働きをしたのは、浅井久政《ひさまさ》より白飯一升《しょう》を馳走になった返礼だったとか」

返すことばを、平助は知らぬ。

「詫《わ》び代わりに、秘蔵の画《え》を見せてやろうぞ」

唐突なことを言いだした月真だが、もはや平助もいちいちおどろかぬ。

「画、にござるか……」

さして興味のない平助である。

月真が筥の蓋を取った。

中の錦包《にしきづつ》みを披《ひら》くと、現れたのは肖像画である。

「半兵衛どのではござらぬか」

実物より少々恰幅《かっぷく》がよいものの、竹中半兵衛に違いない。

「京の高名な絵師を招いて描《か》かせたもの。どうじゃ」

「どうじゃと仰せられても、とんと判り申さぬ。よく似ていると思うぐらいなもの」

月真はどれだけわが子を好きなのか。平助は、啞然《あぜん》とし、同時にちょっとだけ半兵衛のことをうらやましくも思えた。

「平助にならくれてやってもよい」

「ご無用に願う」

にべもなく平助はことわった。

（人を食った尼どのだ）

現金というか何というか、ことわられた途端、月真はそそくさと画を錦に包み、蓋をしてしまう。

「平助。ついでに、もうひとつ頼みがある」

「尼どののように厚かましい女には、お目にかかったことがない」

「尼は女ではないぞえ」

揶揄《からか》うように笑った月真だが、すぐに真面目な顔つきになる。

「明日、半兵衛に従《したご》うて事を為したあとは、早々に美濃を退去いたせ」

「於菟どののため。さよう仰せられたいのか」

「ご賢察《けんさつ》じゃ」

平助は、ひとつ溜《た》め息《いき》をついた。すると、何やら笑いだしたくなった。もしかしたら月真とは、ひたすらわが子たちを愛している母親、それだけの人なのやもしれぬ。わが子のためなら、男には為し難いこと、想像もできぬようなことを、思い切ってやってのけてしまうのが母親というものであろう。ただ、そうであったとしても、月真の場合は過激にすぎるが。

(降参だ)

陣借り平助は、劣勢といわれる側の陣を借りるのを常とする。結果、厳島や桶狭間のような逆転勝利をもたらすこともあるが、たいていは敗けいくさ《ま》である。

「敗けは敗けでも、これほどの完敗は、それがし、初めてのことにござる」

とうとう平助は、笑いだした。朗《ほが》らかに。

「やはり、わたくしの見込んだ殿御にござりましたなあ」

月真の勝者の笑顔は、さらに朗らかであった。

八

翌日未明、竹中半兵衛は、縁者《えんじゃ》と家臣十六名に、弟彦八郎と魔羅賀平助を加え、武士の総勢十九名で、菩提山城を発した。従卒《じゅうそつ》は七十六人である。

半兵衛は六千貫の領主なので、登城《とじょう》の折りのこれくらいの供行列《ともぎょうれつ》は、大仰《おおぎょう》ではない。まして、美濃国は世情不安の折り柄、警固人数が多くても不審に思われることはない。

午頃《ひるごろ》、稲葉山城に到着すると、従卒は下馬先《げばさき》に待機し、半兵衛以下十九名が、遠侍《とおざむらい》に大刀を預け、脇差のみを帯びて、入城した。たとえ斎藤氏の家臣でも、平時《へいじ》に国主居城への弓矢刀鎗の持ち込みは厳禁なのである。

「わたしは先に、お屋形にご挨拶申し上げてまいる」

半兵衛ひとりが龍興の居間へ向かい、余の者は皆、久作の部屋へ入った。

「彦八も参ったのか」

病床の久作が、起き上がりながら言った。

「はい。初陣にございます」

力強く、彦八郎はこたえる。

「貴殿が魔羅賀平助どの……」

ひときわ目立つ巨軀に、久作はあっけにとられたようすである。

「半兵衛どのの警固を仰せつかった」

「よろしゅうお頼み申す」

もとより久作は仮病《けびょう》である。

床を払った久作は、納戸《なんど》から、鉢《はち》ばかりの軽便《けいべん》な兜《かぶと》に、鎗、刀などの武具を幾つも取り出した。すべて、先日の竹中家からの見舞品の中に隠されていたものである。

外の気配を窺《うかが》いながら、全員が両袖をたすき掛けに括《くく》りとめ、袴の股立《ももだ》ちをとり、兜で頭を被う。胴衣の下には、初めから着籠《きごみ》をつけている。

傘鎗《かさやり》と愛刀の志津三郎《しづさぶろう》を、丹楓とともに下馬先に残してきた平助は、納戸より取り出された武具の中から、選びもせず刀をひとふり手にとり、静かに鞘《さや》を払った。

一見して、業物《わざもの》と知れる。半兵衛には抜かりがない。

その半兵衛が戻ってきた。

「長井兄弟はお屋形の傍《かたわ》らに、飛騨守は広間《ひろま》にいる。なれど、備中守の居所が知れぬ」

半兵衛が城の奥まで進んで、龍興へ挨拶に出向いたのは、事を起こす前に標的の所在をたしかめておきたかったからである。

「いかがなさる、兄上」

久作が訊いた。奸臣の首魁《しゅかい》というべき日根野備中守を討ち洩らすのは口惜《くちお》しい。

「目的の第一は、お屋形にご改心していただくことである。奸臣の粛清《しゅくせい》は、そのきっかけにすぎぬ。こうしたことは、いたずらに時を移してはなるまい」

半兵衛には迷いがない。

「まいるぞ」

手早くいくさ支度を調《ととの》えるや、半兵衛は皆を促した。果断というべきであろう。

久作を加えて二十名の竹中隊が、風となって城中深くへ寄せてゆく。

手始めは広間である。

闖入者《ちんにゅうしゃ》に、斎藤飛騨守以下の龍興側近衆は驚愕《きょうがく》した。

「上意《じょうい》である」

高らかに宣《せん》して、半兵衛は抜き討ちに、飛騨守を真っ向から斬り下げた。

(能ある鷹《たか》だ)

平助は感服した。半兵衛の隠されていた爪《つめ》が、奸臣のひとりを即死せしめたのである。

上意の一言は側近衆を狼狽《ろうばい》させ、かれらのほとんどが我先《われさき》にと逃げだしてゆく。

それでも、反撃を試《こころ》みる者が二人、三人いたが、これらはいずれも、平助に素手《すで》で撲《なぐ》り倒された。

竹中隊がさらに奥へ進むにつれ、さすがに争闘音に気づいた龍興の警固衆が、あちこちから現れた。

「久作どのも彦八郎どのも、半兵衛どのから離れるでない」

平助は、そう告げて、塊《かたまり》となって走る三人にぴたりと寄り添いながら、抜刀し、刀の峰《みね》を返す。

陣借り平助の躍動は、警固衆の心胆《しんたん》を寒からしめた。その一挙一動のたび、誰かが昏倒《こんとう》させられるのである。

このころには、龍興のもとへも、騒ぎが伝わっている。無能の国主は、おろおろした。

「殺される、予《よ》は殺される。どうすればよいのじゃ、新八郎、新五郎」

長井兄弟にしがみつく龍興であった。

「これは竹中半兵衛一人の謀ではないと存ずる。おそらく城下に多勢《たぜい》が押し寄せておりましょう。長く城にとどまっては、火をかけられるやもしれませぬゆえ、ここは早《はや》、城を脱《だっ》せられませ」

新八郎の言うことのいちいちにうなずいた龍興は、袴の裾をたくし上げて、居間から走り出た。慌てて、皆があとを慕《した》う。

「ひえええっ」

龍興は、廊下でひっくり返った。半兵衛たちの姿が見えたからである。

「ええい、予を守れ。予を守れと申すに」

自分を守ってくれる小姓衆を、扇《おうぎ》で引っぱたきながら、龍興は一散《いっさん》に逃げていった。

長井兄弟と警固衆が竹中隊を迎え撃つ。

「謀叛人ども」

新八郎の剣の切っ先が、半兵衛の胸へ伸ばされた。これを、平助がはねあげた。

平助の異相《いそう》と巨軀に、新八郎らは愕《ぎょ》っとする。

「奸賊《かんぞく》、覚悟」

と新八郎に斬りつけたのは、久作である。

「小癪《こしゃく》な」

新八郎も応戦する。

数でまさる警固衆は、竹中隊を取り囲んだ。

「紙魚《しみ》の小僧が……」

彦八郎に刃を向けた長井新五郎が、憎々しげに唾《つば》を吐いた。

彦八郎は、手鎗《てやり》を構えている。平助に伝授されたとおりの持ち方であった。

後ろの手は、親指と人差指で柄《え》を握り、あとの三本を遊ばせている。前の手は、掌《てのひら》を上向きに柄を握る、というより支える。

「彦八郎どの。こやつの動きなど、落雲雀に比べれば、笑えるほど鈍《のろ》い」

本当に笑いながら彦八郎を励ましたのは、平助である。

「なんだ、おのれは」

新五郎が、怒気で血走らせた眼を、一瞬、平助へ向けた。

「えいっ」

気合一声、彦八郎は、後手を瞬時に握り込み、前手の掌を柄の上へと返し、手鎗を一気に突き出した。迅い。

彦八郎の突きは、鎗の穂先をなかば旋回させるようにして、新五郎の腹を深く抉《えぐ》った。

初陣の年少者が、天晴《あっぱ》れないくさぶりをみせたのである。俄然《がぜん》、竹中隊の面々は勇躍し、たちまち警固衆を圧倒した。

つづいて久作が新八郎を討ち取ると、それで勝敗は決した。

警固衆は皆、気の毒なほどに怯《おび》えて逃げ出した。

「善左衛門《ぜんざえもん》」

半兵衛に命じられた竹中一門の善左衛門が、すかさず、鐘櫓《かねやぐら》に登って、鐘を撞《つ》く。

呼応して、山下で鯨波《とき》が起こった。

半兵衛の舅、安藤伊賀守率いる二千余の兵が、山を駈け登りながら、守備の城兵たちには、半兵衛の本丸《ほんまる》占拠の事実を伝えて、武器を捨てさせ、そのまま一挙に稲葉山城奪取を為し遂げた。

半兵衛は、城下の井ノ口《いのくち》の町に混乱を生じさせなかった。住民が逃げ出すより早く、麾下《きか》の従卒たちを一斉に走らせ、要所に制札《せいさつ》を立てて、治安維持につとめたからである。

竹中隊も伊賀守勢もほとんど無傷で、死者は城方の斎藤飛騨守、長井兄弟以下、わずか六名にすぎぬ。半兵衛の鮮やかすぎる稲葉山城奪取戦であった。

風雲児織田信長が攻めても攻めても落とすことができずにいた稲葉山城である。そ

れを、嘘のような小人数《こにんずう》で白昼堂々と乗っ取った竹中半兵衛の知略《ちりゃく》と武勇が、このの
ち満天下に轟《とどろ》き渡ったことは言うまでもない。
　奸臣の首魁、日根野備中守は、城内にいたのだが、卑怯《ひきょう》にも一戦も交えず、早々に
こそこそと逃れ落ちていったらしい。
　脱出しそこねて、稲葉山の山中に隠れていた龍興に、半兵衛は使者を送って、退去
を勧告した。初めから、主《しゅう》殺しをするつもりはない。
　そのさい、書状で、真意を明かした。内容は以下のごときものである。
「わたしは稲葉山城をわがものとするつもりはない。奸臣に惑《まど》わされ、無法、懶惰《らんだ》の
日々を送っていた龍興が目を覚まし、心を入れ替えて、国を憂える人々の諫言を容《い》
れ、命懸《いのちが》けで政に取り組む覚悟ができたら、戻ってきてほしい。そのとき城を返上す
る」
　この思いを、半兵衛は、美濃じゅうの武士にもあまねく伝えた。
　現実に半兵衛は、半年後、みずから龍興を逃亡先より呼び戻し、稲葉山城を返上す
る。そのとき龍興が、半兵衛の忠節に感じ入って、領地を与えようとするのだが、こ
れを半兵衛は固辞したばかりか、菩提山城に帰城もせず、栗原山《くりはらやま》に隠棲《いんせい》してしまうの
である。結果がどうあれ、謀叛を起こしたことに変わりはないから、自分は責めを負

うべきである、というのがその理由であった。いかにも半兵衛らしい。

平助は、乗っ取りの翌日、半兵衛らに別れを告げた。

辛《つら》くて泣きじゃくる彦八郎とは違って、半兵衛は平助を止《と》めようとしなかった。人それぞれに生きかたがあり、これぱかりは他人が妄《みだ》りに容喙《ようかい》すべきでない。半兵衛はそんなふうに思う人間なのである。

半兵衛から引き止められないのは、むしろ平助にもありがたいことであった。

「愉しゅうござった」

「ご同様」

それが別辞である。

平助は、山を下りる前に、安藤伊賀守の本陣に寄った。ちょっと訊《たず》ねたいことがあったからである。

陣借り平助が去るのを惜しむ伊賀守は、わしが存じていることなら何でもおこたえいたそうと言った。

「伊賀守どのは、何故、娘御の婿に半兵衛どのを望まれたのか。おそらく、その頃の半兵衛どのは、誰の目にも青白くて弱々しい、書物を読む以外、なんの才もない若者にみえていたと察するのでござるが」

「わしも、さようにみていた」

「ならば、何故」

「かまえて他言無用を約束してくれるか」

「お約束いたす」

「お血筋である」

「お血筋とは……」

「それだけ申せば、平助なら察するはず、と月真尼《に》が仰せられた」

平助は絶句する。また月真がしゃしゃり出てきた。

狐《きつね》につままれたような思いのまま、山を下りた平助は、丹楓が喉《のど》を渇《かわ》かせたので、長良川《ながらがわ》の畔へ出た。

（よもや半兵衛どのは、このまま稲葉山城主になっても差し支《つか》えのないお血筋ということか……）

月真の悪戯《いたずら》っぽい笑顔と一緒に、謎の断片が次々と浮かぶ。

昔、恋い焦がれた殿御。

お胤を授かり、ありがとう存じまする。

秘蔵の肖像画。

平助は笑いだした。笑わずにはいられぬ。

（あの画は、半兵衛どのではない。いまの半兵衛どのによく似た若き日の誰か……）

最後の最後まで月真にしてやられた。

菩提山のある西方を眺めやる。

「こたえは、斎藤道三。大当たりにござろう、尼どの」

川水を呑んでいた丹楓が、頸を振りながら舌で水をはねあげ、愛《いと》しいあるじの顔にひっかけて笑った。

川面の下流から上流に向かって、小さな魚が数匹はねた。時季《じき》は少し早いが、上《のぼ》り鮎《あゆ》であろう。

平助の笑い声も、天へ昇《のぼ》ってゆく。

咲くや、甲越《こうえつ》の花

一

明るい陽《ひ》の降《ふ》り注《そそ》ぐ湊《みなと》から海へ漕《こ》ぎ出した大船が、筵帆《むしろほ》を上げはじめた。

春の半《なか》ばから夏の終わりまで吹くあいの風は、北国船《ほっこくぶね》を上方《かみがた》へ運んでくれる。

この柏崎《かしわざき》や直江津《なおえつ》から積み出される越後《えちご》の主要産物は、青苧《あおそ》。上杉氏の経済を支えつづけたものである。

「海はいいなあ」

引っ担いでいた一切の武具・馬具を足許へ下ろして、大きく伸びをし、磯《いそ》の香りを胸いっぱいに吸い込んで、皓《しろ》い歯をみせたのは、魔羅賀平助である。

寄り添う緋色毛の馬、丹楓が、平助の頬《ほお》を、愛《いと》おしそうに、ぺろりと嘗《な》めた。

船着場《ふなつきば》で、人々は、忙《せわ》しげに立ち働いているが、それでも平助と丹楓には、誰もが一度は視線を奪われる。それほど破格の人馬であった。

北国街道の宿駅にして港津《こうしん》、また琵琶島《びわじま》城の城下でもある柏崎は、まことに賑《にぎ》やかだ。遍歴の文人、万里集九《ばんりしゅうきゅう》は「民戸《みんこ》三千」と記している。

「さあて……」

遊女屋《ゆうじょや》にあがって、旨《うま》いものを食って、という期待感で、おもてを自然と綻《ほころ》ばせた平助だが、突然、馳《は》せ寄ってきた一隊に往《ゆ》く手を塞《ふさ》がれた。総勢三十人か。

「おぬし、魔羅賀平助であるな」

馬上の武者が居丈高《いたけだか》に言った。黒々と灼《や》けて皺《しわ》深いおもてに、銀色の眉《まゆ》とひげの目立つ老齢の人である。

「お手前《てまえ》は」

平助は対手《あいて》に名乗りを促す。

「関東管領《かんとうかんれい》上杉弾正少弼《だんじょうのしょうひつ》輝虎《てるとら》さまが臣、宇佐美駿河守定満《うさみするがのかみさだみつ》である」

宇佐美定満といえば、上杉輝虎（謙信《けんしん》）の名高き軍師。平助も、相州《そうしゅう》小田原と信州《しんしゅう》川中島で、宇佐美家の旌旗《せいき》を目にしているが、定満本人とまみえるのは、これが初めてであった。七十歳をとうにこえたと聞いている。

「して、駿河守どの。ご用向きは」

平助のもとへやってくる武士は、仕官《しかん》のすすめか、参戦を依頼するのが常である。

「わが陣を借りよ、魔羅賀平助」

案の定ではあったものの、交渉が性急すぎる。

「天下に隠れなき名将、宇佐美駿河守どののお召《め》しを賜《たまわ》るとは、身に余る栄誉」

頭を下げた平助だが、しかし固辞のことばをつないだ。

「なれど、それがし、いくさ場《ば》に出たいという思いが湧かぬうちは、どなたにも陣借りいたすつもりはござらぬ。こたびは、お見限りいただきとう存ずる」

「その思い、いつ湧く」

「いつと申されても……」

平助は戸惑った。自分でも見当のつかぬことなのである。

「早《はよ》う申せ。年寄りは気が短いのを知らぬか」

「気の長いご老人もおられよう」

「何もやることのない隠居爺《いんきょじじい》どもと一緒にいたすな。わしには、やらねばならぬことが山ほどある」

「それは駿河守どののご都合かと存ずるが」

「悪いか。おぬしの陣借りを所望《しょもう》するのも、わしの都合じゃ」

居直りもここまでされると、腹も立たない。むしろ笑いだしたくなった平助だが、辛《かろ》うじて怺《こら》えた。

「結句《けっく》、おぬしは、明日、武田、北条に陣借りいたすこともあるのじゃな」

きめつけられて、平助は、ぽりぽりと頭を掻いた。

「明日はないと存ずるが……」

「ばかもの。明日と申したは譬《たと》えじゃ。明日でなくとも、気が向けば、誰彼《たれかれ》かまわず陣借りいたすなど、なんたる無節操《むせっそう》か」

「それがしは自由でありたいだけにござる」

「語るに落ちたわ」

他者の支配や束縛を受けず、わが思うところに導かれて生きることこそ、人生の快《かい》味《み》。その意味において、平助は自由ということばを使った。だが、これはきわめて西洋的、もしくは近代的な解釈である。

当時の日本人の道徳観では、自由とは、わがまま勝手、無節操、道理の無視などとほぼ同義語で、非難されるべき生きかたでしかなかった。なればこそ定満のほうは、語るに落ちたと吐き捨てたのである。

「いまいちど訊ねる。わが陣を借りるか、平助。否《いな》と申すならば、北条と武田の間者《かんじゃ》とみなし、いまこの場にて討《う》ち取る」

「ははあ、北条と武田の両方にござるか」

無茶苦茶である。

「関わりないとは言わさぬ」

平助は、北条氏康の小田原城が上杉勢に包囲されたとき、氏康の重臣北条綱成《つななり》に陣借りし、城を打って出て、輝虎その人と一合だけだが刃《やいば》を交えた。また、山本勘介に陣借りした三年前の川中島合戦では、上杉勢五十人余りを討ち取っている。

「もしや、恨《うら》みを晴らさんとのご存念か」

「宇佐美駿河を侮《あなど》るでないぞ。たとえ親兄弟を討たれようと、討った側に卑怯未練の振る舞いのない限り、いくさ場での不幸は受け入れねばならぬ。それが武士の理《ことわり》と申すもの。この理を捨てれば、最後のひとりになるまで殺し合わねばなるまい」

「無礼なことを申した。ご容赦を」

素直に頭を下げる平助であった。世に聞こえているとおり、宇佐美定満は本物の武人である。

「されば、かようにさせていただきたい」

と平助は提案する。

「むこう半年の間は、それがし、上杉に敵対するお人の陣借りをせぬと約束いたす」

「さような約束はせぬことだ」

定満のおもてに、ふっとやさしげな色が過《よぎ》った。

「おぬし、弱き者に陣借りを懇望されてことわれまい。それでのうても、亡き山本勘介のような男に出会えば、みずから陣借りせずにはおられぬ。違うか」

痛いところをつかれた、と平助はまた頭を掻く。同時に、意外でもあった。主君輝虎の宿敵信玄の軍師だった勘介を、人として嫌いではなかったような、定満の口ぶりだったからである。

（この御仁は……）

定満に惹かれる自分がいる。その感情は、勘介に出会ったときのものと似ていた。

といって、いまはまだ陣借りをしたい気分ではない。

平助のその煮え切らぬようすに、定満がついにかんしゃくを破裂させ、兵たちへ命じた。

「こやつは、北条と武田、それから今川《いまがわ》の間者である。討ち取れいっ」

今川が増えた。平助の認識では、今川は上杉と敵対関係にない。ますます笑いだしたくなった。憎めない老武士である。

兵たちが平助を包囲して鎗衾《やりぶすま》をつくった。

「宇佐美駿河守どのともあろう勇者が、牢人ひとりを、この多勢《たぜい》でお討ち取りなさるおつもりか」

「これは尋常《じんじょう》の勝負じゃ」

「わしは常におのれ一人《いちにん》にて闘うはず、ではないか」

「一対三十でござるが」

「わしは常に一族郎党《いちぞくろうとう》を率いて闘《たたか》うが、おぬしは常におのれ一人《いちにん》にて闘うはず、ではないか」

「なるほど、理にござった」

さすがに定満は軍師である。

「なれど、たった三十人では、この魔羅賀平助は討てませぬぞ」

平助にとって、対手《あいて》によほどの手錬者《てだれ》がおらぬ限り、ひとりで三十人に打ち勝つのは、難しいことではない。

「越後武士は死を厭《いと》わぬ」

「牢人ひとりが陣借りいたすいたさぬというだけのことで、ご家来衆の命を無駄になさるおつもりか」

「無駄死ではない。家来どもにとっては、あるじのわしが牢人者よりうけた恥辱《ちじょく》を雪《すす》ぐためのいくさじゃ」

「おおげさにござろう」

「おおげさにしたは、そっちではないか。なれど、おぬしが、駿河守どのの御陣《ごじん》を借りたいと頼むのなら、家来どもに言ってきかせて思いとどまらせよう」

「それがしが頼むので……」

「ほかに誰が頼むと申すのじゃ」

馬上でなぜか胸を反らす定満である。

平助は、あらためて、定満の兵たちを眺めやった。さしたる遣い手はいないものの、どの顔にも心の強さが表れている。

立てぬようにされるまで、諦《あきら》めることなく向かってくる者らに違いない。となれば、軽くあしらうことはできないから、斬らねばならぬ。

（まいった）

降参するほかなさそうである。

「この魔羅賀平助、宇佐美駿河守どのの御陣を借りたい。頼み参らせる」

応じて、定満は、馬上で一層、そっくり返った。

「許す」

ふにゃっ、と老顔が崩れた。

こんな陣借りは初めての平助であった。

二

「たしかであるか」

信濃《しなの》の北外れを侵《おか》し、そこから越後へ乱入して、郷村《ごうそん》の放火を開始していた信玄は、先鋒《せんぽう》の真田《さなだ》弾正忠幸隆《だんじょうのちゅうゆきたか》から遣わされた使番《つかいばん》に聞き返した。

「緋色毛の巨大な馬に跨《また》がり、朱塗《しゅぬ》りの鞍《くら》に朱柄《あかえ》の傘を立て、真っ赤な角栄螺《つのさざえ》の兜に鳩胸《はとむね》の胴、腰には刃渡《はわた》り四尺はあろう大太刀《おおだち》を佩《は》いた六尺豊かな武者。魔羅賀平助に相違《そうい》ございませぬ」

こちらへ急行しつつある上杉勢の先陣、宇佐美定満の軍中に、陣借り平助がいるという。ううん、と唸《うな》ってから、信玄は苦笑を洩らした。

「宇佐美駿河か……」

亡き山本勘介に人として似ている。平助が惹かれたのはやむをえまい。

「上杉勢の兵気《へいき》は熾《さか》んであろう」

見てもいない信玄にそう言われて、使番はちょっとおどろきの表情をする。

「御意《ぎょい》」

「して、弾正忠の進言は」

するとと使番は、一瞬、こたえづらそうな顔をした。

「よい。申せ」

「お退《の》きあそばしますように、と」

すると、列座の部将《ぶしょう》のうち、幾人かがいきり立った。

「よもや、真田弾正ほどのお人が、宇佐美駿河ごとき老体《ろうたい》や、一介の陣借り者を恐れた、と」

「情けない」

「輝虎のおらぬ上杉勢など何ほどのこともござらぬ」

輝虎はまだ関東より帰陣していない。

「お屋形《やかた》。待ち伏せて、討ち取りましょうぞ」

いかにも勇ましいそれら若い将領《しょうりょう》たちを、頭を剃り上げた老将が鋭い眼光で睨みつけた。

「老体は使いものにならぬか」

宇佐美駿河ごとき老体と口にした者は、蒼《あお》ざめて視線を逸らす。

「宇佐美定満あっての上杉よ。弾正忠が恐れて当たり前ではないか」

原美濃守虎胤《はらみののかみとらたね》、六十八歳。全身の向こう疵《きず》は五十三ヶ所、負傷をしても塩をすりこんで平然と戦い、鬼とも夜叉《やしゃ》とも異名をとる武田の猛将中の猛将である。

「それに、魔羅賀平助には、そのほうらがきどもが百人、二百人、束《たば》になってかかっても敵《かな》わぬわ」

「それは、美濃どの。いささか、おことばが過ぎましょうぞ」

信玄の近習《きんじゅう》のひとりにたしなめられたが、虎胤はまったく動じぬ。

「平八郎《へいはちろう》。おぬし、川中島の戦功《せんこう》を鼻にかけおるようだが、誰のおかげと思うておる」

「何を申されたいのでござる」

この近習も若い。土屋《つちや》平八郎昌次《まさつぐ》といい、初陣が三年前の川中島であった。当時十七歳の若年《じゃくねん》ながら、上杉勢の猛攻を浴びた本陣で、片時も信玄のそばを離れず、守りとおしたという武勇を、早くも持っており、若武者たちの間で一目《いちもく》置かれる存在であった。

「おぬしの働きごときで、八幡原《はちまんばら》のご本陣が守れたはずはあるまい。魔羅賀平助が上杉勢の胆《きも》を冷やさせたからではなかったか」

対岸に上杉勢の待ち受ける千曲川《ちくまがわ》を単騎渡河《たんきとか》し、八幡原にて敵五十人余りを討ち取った平助の働きは、比類《ひるい》ないものであった。これが上杉勢の心胆を寒からしめ、同時に武田勢を大いに勇気づけたのである。

「そのご異見《いけん》は甘んじて受け入れ申そう。であるならば、なおのこと、それがしは魔羅賀平助と刃《やいば》を交えとうござる」

「平八郎。おぬし、刹那《せつな》のうちに討たれような」

「勝敗は時の運と存ずる」

「されば、平助に討たれたときは何とする」

「何とするとは、言わんとされることが判り申さぬ」

「がきが」

虎胤はまた吐き捨てた。

「美濃どの。年長者を敬《うやま》うのにも限りがござるぞ」

「よさぬか、平八郎」

ようやく高坂昌信《こうさかまさのぶ》が止めに入った。信玄の信任の最も厚い武田随一の智将である。

「美濃守どのは、いかに天下に勇名を馳《は》せていようと、魔羅賀平助は所詮《しょせん》は無位無官《むいむかん》の陣借り者であると言われたいのだ。討っても討たれても、対手が陣借り者では名誉にはなるまい」

この考え方は正しいものの、将軍義輝から百万石に値するという最上の褒詞《ほうし》と、名刀志津三郎を賜ったほどの平助は、実は別格といわねばならぬ。それも承知で、昌信はあえて名誉にならぬと言ったのである。血気《けっき》に逸《はや》る若者らをなだめる方便《ほうべん》であった。思惑どおり、平八郎も他の若き将領らも、納得の色をみせた。

しかし、虎胤からはふんと鼻で嗤《わら》われたので、昌信は、仕方なく、怺えてくだされと目で謝った。

ただ、この昌信だけが、信玄のある心情を察している。

卑怯にも味方のふりをして山本勘介を背後から射殺した頂算《ちょうさん》という根来寺《ねごろじ》の行人《ぎょうにん》を、平助はひとり追跡して仕留《しと》めてくれた。むろん平助がみずから望んで仕遂《しと》げたことだが、信玄は感謝している。だから信玄は、平助を討ちたくないのであった。

昌信自身も、平助と干戈《かんか》を交えるのは気が進まぬ。

「兵を退《ひ》かせよ。甲斐《かい》へ帰る」

信玄は命じて、床几《しょうぎ》から腰を上げようとしたところ、

「お屋形。野尻《のじり》城はいかがなさる」

虎胤に訊ねられ、座り直す。

信州野尻湖に浮かぶ弁天島《べんてんじま》に、上杉方の城があったが、武田勢はたちまち乗っ取っ

て、越後乱入の前線拠点とした。その野尻城を確保しておくのかどうかを、虎胤は聞きたいのである。

「湖上の城ひとつを守って、兵を損ずるのは愚策じゃ。捨てる」

迷いのない信玄の決断であった。

「捨てるのならば、それがしにお与え下され」

列座の一同、眼《まなこ》を剝いた。後詰《ごづめ》を期待できぬ湖上の小城《こじろ》に籠城《ろうじょう》するなど、自殺行為ではないか。まして、敵は無類の強さを誇る上杉勢である。

「ならぬ。共に甲斐へ帰れ」

「お屋形。それがし、ご覧のとおりの躰にござる」

虎胤は、投げ出している右脚《あし》を撫でた。戦傷による跛足《はそく》なのである。また、左腕はまともに使えぬし、腰も悪い。

「甲斐は遠い。長《なが》の行軍は迷惑至極《しごく》」

きっぱりと虎胤は言った。

「美濃どの、身勝手ではないか」

平八郎が気色《けしき》ばむ。

「お屋形は、ご出陣前、美濃どのの躰をご案じ召され、留守居をつとめるようお申しつけになられたはず。それを、どうしても随行したいと申し出て、無理やりに出陣いたしたは美濃どのにござろう。いまになって、長の行軍が迷惑とは、なんという言いぐさか」

「たいしたいくさもせずに帰るのが、何よりも疲れるのじゃ。ひと暴《あば》れせねば、身も心も昂《たかぶ》らぬわ」

「お屋形への雑言《ぞうごん》と受け取った。赦《ゆる》しがたい」

右手を陣刀《じんとう》の柄《つか》にかけ、立ち上がりかけた平八郎だが、

「控えよ」

信玄に叱りつけられ、折り敷いた。

「清岩《せいがん》」

信玄は、虎胤を法名で呼んだ。

「そちは、この信玄をたばかったな」

「それがしがお屋形をたばかった……はて、仰せの意を判りかねる」

とぼける虎胤に、信玄は苦笑する。

「こたびの出陣、はなから死に場所を求めてのことであろう」

「生還を期して出陣いたすは武士にあらず」

虎胤が気持ちを翻《ひるがえ》すつもりのないことは明らかであった。

こうなると、信玄でもどうしようもない。

甲州法度之次第《こうしゅうはっとのしだい》は法論を禁じているが、かつて日蓮宗《にちれんしゅう》と浄土宗《じょうどしゅう》との間に法論が起こったとき、虎胤は、信玄の制止もきかず、その法度を破って、みずからが信仰する一方を見舞ったのち、甲斐を出奔《しゅっぽん》して、一時期、平然と北条氏康に仕えたという硬骨漢《こうこっかん》である。

「清岩。野尻城はくれてやる。好きにいたせ」

折れた信玄だが、しかし、一言、付け加えた。

「なれど、次第によっては降参いたすも、合戦のならいじゃ。別して、いたずらに兵を死なせぬのが将たる者のつとめ」

上杉勢の攻撃の前に、野尻城は間違いなく落ちる。そのさい、虎胤が籠城兵の助命を決意してくれればよい。

負傷した敵将の首を獲《と》らず、その身を敵陣まで送り届け、傷が癒《い》えたら再びいくさ場にて鎗を合わせようぞと労《いたわ》った。そんな逸話《いつわ》をもつ虎胤である。おのれのために働く兵への情は、なおさらのものであろう。

籠城兵の助命と引き替えの開城を、上杉方は承知しよう。そのさい、城将たる者は切腹するのが筋だが、宇佐美定満ならば虎胤の武勇を惜《お》しみ、決して切腹を許すまい。

信玄の付け加えた一言には、そういう一縷《いちる》の望みが託されていた。

「お屋形。それがしが負けるときめつけられるとは、情けない。勝敗は時の運。そうであろう、土屋平八郎」

虎胤は信玄の若き近習を見た。こんどは、眼差しに微笑を湛えている。

粛然《しゅくぜん》たる思いで、平八郎は頭《こうべ》を垂れた。莞爾《かんじ》として死に場所へ赴《おもむ》かんとする老雄《ろうゆう》に、敬意を抱かずにはいられなかったのである。

のちに、信玄亡きあとも、武田勝頼《かつより》に忠義を尽くし、長篠《ながしの》合戦でも、敗色濃厚な味方を奮《ふる》い立たせるべく、織田・徳川《とくがわ》連合軍の馬防柵《ばぼうさく》を破らんとし、一斉射撃を浴びて壮絶な死を遂げるのが、この土屋平八郎である。

「陣払いじゃ」

信玄が床几を立った。

三

湖上に浮かんで、老杉《ろうさん》に被われた周囲十丁《ちょう》ばかりの小島《こじま》は、数多《あまた》の軍船に包囲され、幾筋もの黒煙を立ち昇らせている。

野尻城の城門は破られ、もはや勝敗は決した。

宇佐美定満は、武田軍の中で唯一、撤退《てったい》せず野尻城に籠《こ》もったのが原虎胤と知ったとき、容易には落とせぬと覚悟し、初手《しょて》から虎胤以下全員の助命と引き替えに、降伏開城を迫ったのだが、籠城方の返辞は矢と銃弾の馳走であった。やむをえず猛攻を仕掛け、圧倒的な優勢を得た頃合いを見計《みはか》らい、再び前《さき》と同じ条件を申し送った。

このあたりは、信玄の推測どおりであったといえよう。

一方の虎胤は、信玄より野尻城を賜ったあと、実は麾下の兵の中から、生に未練を残す者は去らせて、死兵《しへい》を募《つの》っている。従う者がひとりもいなくても、かまわなかった。虎胤を慕う者は少なくなく、武田の他の部将に仕える者まで参じた。

これは無駄死ではない。野尻城に籠もることで、撤退する武田勢を追う上杉勢の兵を分散させられる。

そういう事情だから、虎胤は言うまでもなく、籠城兵は皆、玉砕《ぎょくさい》にむけて一丸《いちがん》となっており、いかなる条件と引き替えでも、降伏開城はありえないのであった。

「可惜《あたら》、鬼美濃ほどの勇士を……」

唇を嚙《か》みながら、定満は皆殺しを命じた。それが虎胤の最後の望みならば、敵であっても叶《かな》えてやるのが武士の情である。

城内へ雪崩《なだれ》込んだ上杉勢によって、籠城兵が次々と討ち取られてゆく中、単騎、攻城兵を馬蹄《ばてい》にかけながら、城門より打って出てきた武者、それこそ虎胤であった。

「われは原美濃守虎胤である。今生《こんじょう》最後の武人の誉《ほま》れを得たく、宇佐美駿河守定満どのとの一騎討ちを所望いたしたい。駿河どの、いざ、お出ましあれ」

「宇佐美駿河は、これにある」

応じて、定満も、騎馬姿で進み出た。

「ありがたい」

虎胤は、頭上で、鎗をくるりと回す。

「早まるな、美濃どの。いま死花《しにばな》を咲かせんとするお手前に、それがしごとき老いたる者が鎗を合わせるは、かえって非礼」

「ご謙遜《けんそん》召さるな。宇佐美駿河守の膂力《りょりょく》、いまだ衰えを知らずと聞こえており申す」

「買《か》い被《ぶ》りよ。このとおり、鎗が重うてかなわぬ」

右の腕《かいな》の下に掻《か》い込んでいる鎗の穂先《ほさき》を、本当に重そうに上げてみせる定満であった。

「駿河どの。お手前ほどの武人が臆《おく》したとも思われぬが……」

「やはり、美濃どのの目はごまかせぬ。実を申せば、お恥ずかしきことながら、それがし、七十六歳にもなって、いまだこの世に未練がござる」

「未練と申しても、駿河どののことゆえ、私事《わたくしごと》ではござるまい」

「ご慧眼《けいがん》じゃ」

「わがお屋形を討つまでは、との未練にござろうや」

武田信玄を討つのは、定満の主君上杉輝虎の悲願。であるからには、その軍師宇佐美定満の悲願でもあろう。

「さまでだいそれた未練では……」

そのことについてはことばを濁《にご》してから、定満は提案した。

「未練者を憐《あわ》れんで、お許しいただけるなら、一騎討ちの名代《みようだい》を立てたいが、いかがにござる。この者と鎗を合わせて、不名誉ということは、かまえてござり申さぬ」

「心得た」

ある。間髪《かんはつ》を容《い》れず承諾したのは、名代が誰であるか、とうに虎胤には判っていたからである。

「前へ」

定満に促され、丹楓に跨がった平助が進み出た。

「久しや、魔羅賀平助。百万石の強者《つわもの》を最後の対手とすることができるのは、冥利《みょうり》」

虎胤のほうから声をかけた。三年前、両人は、甲斐府中《ふちゅう》で会っている。

「思いがけぬ仕儀《しぎ》と相《あい》なり申した」

軽く会釈を返す平助のおもてに、迷いの色を見た虎胤は、鬼の形相《ぎょうそう》で睨みつけた。

「原虎胤は辱《はずかし》めを受けぬ」

平助が手加減をして、虎胤を気絶せしめるにとどめるようなまねは、決して許さぬ。討つか討たれるか、それ以外の結果は恥辱でしかないという意味であった。

もはや平助も覚悟をきめるほかない。百万石の強者と称されるその力を存分に示して闘うことが、虎胤の死出《しで》への餞《はなむけ》であろう。

平助の茶色がかった眸子《ぼうし》から、迷いの色が失せた。

鬼の形相も綻んだ。

平助が、朱柄傘の紙を張った骨の部分、すなわち笠《かさ》を外すと、きらりと光るものが現れた。鎗の穂先である。この武器をもって、かさやり平助ともよばれる平助であった。

平助は、手綱を、鞍の前輪《まえわ》の山形《やまがた》へ結びつけ、右脇に掻い込んで立てた鎗の柄に、左手を添えた。片手ではなく、両手でしかと鎗を支えて刺突《しとつ》せんとするのは、虎胤の武勇への敬意である。

対する虎胤は、手綱を口にくわえてから、鎗をもつ右腕を、肩のところまで上げ、穂先を前へ向けた。右腕がいささかもふるえず、ぴたりときまっているのは、さすがに原虎胤であった。不自由な左腕を先に荒縄で胴に縛りつけてあるのも、鬼美濃らしい。

「推参仕る《すいさんつかまつ》」

平助が馬腹《ばふく》を蹴った。

「応《おう》っ」

手綱をくわえたままでも、虎胤の気合声《きあいごえ》はあたりに響き渡る。

この暫《しば》しの対決の間だけ、周囲の者らも、敵味方とも固唾《かたず》を呑んで見戍《みまも》った。

小島に縄張《なわば》りされた城だけに、城門前の道も狭くて短い。両者は、あっという間に激突した。

駈け違いざま、形容しようもない凄《すご》い音が発せられ、平助がもんどりうって落馬した。その手に鎗はない。

甲斐の老雄が天下一の陣借り者に勝った、と思われたのは一瞬のことにすぎぬ。

馬上に残った虎胤は、胸から背へと鎗を貫き通されていた。鎧《よろい》ごとである。

「嬉しや、これほどの者に討たれるとは」

呵々《かか》と哄《わら》って、ゆっくり馬首を転じた虎胤は、

「魔羅賀平助どの、とどめをお頼み申す」

丁重に頭を下げた。

「将軍家より拝領の太刀にて仕らん」

立ち上がった平助は、腰に佩かせた志津三郎の鞘《さや》を払い、馬上の虎胤へと歩み寄る。

「過分《かぶん》にござる」

陶然《とうぜん》と虎胤は微笑んだ。

鬼美濃の最期《さいご》を見届ける定満の目が濡れている。

つっぴん、つっぴん……。

梢《こずえ》より飛び立った日雀《ひがら》が、美しい声を振りまきながら、いったん降下し、瑠璃色《るりいろ》の

湖面を掠《かす》めてから夏空へ上昇していった。

四

琵琶島城の主殿《しゅでん》の会所《かいしょ》で、定満は平助に問うた。別盃《べっぱい》を酌み交わしているところである。

「いくさ場での不幸は受け入れねばならぬ。さよう仰せられたは、駿河守どの。不幸は、討たれる側ばかりのものではござるまい」

定満に陣借りしたばかりに、原虎胤を討つよう命ぜられた平助も、不幸であった。

「わしを恨むか、平助」

「やはり恨むか」

「お考え違いにござる」

平助は、微笑んだ。

「いくさ場での不幸は、ときに名誉と同義。討ったそれがしも、討たれた美濃守どのも名誉を得た。さよう思《おぼ》し召されよ」

平助を見る定満の目が眩しげであった。

「天下の諸侯《しょこう》が挙《こぞ》って、おことを召し抱えたいと望む理由が知れた」

「挙って、ということはござらぬ」

大和《やまと》の松永久秀《まつながひさひで》などは、平助の首を欲《ほっ》している。尾張《おわり》の織田信長も、その働きがなければ勝つのは難しかった桶狭間《おけはざま》合戦の直後、風のように去った平助のことを、殺しておけばよかった、と洩らしたそうな。

「くどいようじゃが、春日山《かすがやま》へは参上いたさぬか」

「申し訳ござらぬ」

「さようか……。是非もないの」

関東より帰陣した輝虎が、いまは居城の越後春日山城に在城している。定満は、魔羅賀平助という見事な男を輝虎に披露したかったのだが、本人にその気がないのでは、どうしようもない。天下に数多の牢人者あれど、関東管領上杉輝虎を平気で袖《そで》にするなど、平助ひとりであろう。

「これから、どこへ往く……とは、愚問であったな」

「風の向くままにござれば」

「おことが申すところの、自由よな」

「お暇《いとま》仕る」

酒盃をひと息に飲み干《ほ》してから、平助は座を立った。

ほどなく琵琶島城を出た平助に、暑熱が襲いかかった。冬は豪雪に悩まされる越後国だが、夏の暑さも存外に厳しい。

柏崎の湊で定満に出会うまでは、佐渡ヶ島《さどがしま》へ渡ろうかと思っていた平助だが、しばらく琵琶島城に滞在し、陣借りも終えたあとのいまは、気が変わった。

「山の湯治場《とうじば》でゆっくりするか。どうだ、丹楓」

と愛馬に意見を求める。夏の朝夕は、海辺より山里《やまざと》のほうがしのぎやすい。その近くに清流や湖水でもあれば申し分ない。

丹楓が、平助の背を、山側へ向かって、鼻面《はなづら》で押しやった。同意したのである。

「湯沢《ゆざわ》あたりがよいな」

上野《こうずけ》との国境に近い越後湯沢は、当時から涼しい高原の湯どころとして知られていた。周辺には、ほかにも多くの温泉が湧き出ている。

人馬の主従は山をめざした。

平助は急がなかった。

景色を愉しみ、狩りをして鳥獣の肉を啖《くら》い、幾度も川で水浴びをするなどして、湯沢まであと一里ほどのところへ達したのが、三日後の朝のことである。

魚野川《うおのがわ》沿いの山路《やまじ》を遡《さかのぼ》っていると、崖下《がけした》から足音と人声が聞こえてきたので、路《ろ》傍《ぼう》へ寄って、樹間《じゅかん》から見下ろした。

川原に多くの人影が見える。

湯治場行きなのか、帰りなのか知れぬが、休憩をとっていたのであろう、川岸に女《おんな》乗物《のりもの》が置かれ、十人ばかりの侍と五人の武家女が、その周囲を固めている。

それを、武装の一団が包囲したところであった。こちらは総勢三十人余り。

「そのほうら、野伏《のぶせり》だな。襲う対手を違《たが》えるでない。これは、長尾越前守《ながおえちぜんのかみ》さまのご正室《せいしつ》のお輿《こし》であるぞ」

警固侍の宰領《さいりょう》とみえる者が、前へ出て、野伏どもを叱りつけた。

上杉輝虎は越後守護代《しゅごだい》家・長尾氏の出身だが、長尾一門の本来の嫡流筋《ちゃくりゅうすじ》といわれる上田《うえだ》長尾氏の現当主の越前守政景《まさかげ》は、輝虎の従兄《いとこ》にあたり、坂戸《さかと》城を本拠として、一大勢力を誇っている。正室は、輝虎の実の姉である。

だが、野伏の一団は、汚いことばを吐くのでも、女たちへ淫《みだ》らな視線を向けるのでもなく、無表情のまま一斉に抜刀した。

（この者ら……）

統制のとれた動きと、その落ちつきぶりは、ただの野伏のものではあるまい、と平助はみた。

野伏が奪いたいのは、金品《きんぴん》や女体ではなく、おそらく乗物の人の命。対する警固侍たちは、宰領を含めて三人ばかりは腕が立つとみえるが、ほかは皆、こうした経験は少ないと思える若さで、早くも腰が引けている。

これでは、乗物の人ばかりか、警固侍も女たちも皆殺しにされよう。

平穏な日というのは、幾日もつづかぬものらしい。ひとつ吐息をついた平助は、その場に武具・馬具を置き、野伏の頭目《とうもく》とおぼしい者に目をつけてから、傘を開いた。

稍《やや》あって、野伏の幾人かは、気配を察し、頭上を振り仰いだ。朱色の大きな笠が、くるくる回りながら降ってくるではないか。

「崖の上に誰かいるぞ」

笠を空中で斬り払った者が、皆の注意を促した。

野伏たちは上を見る。つられて、女乗物の一行も視線を上げた。

しかし、馬が一頭見えるものの、人影は目に入らぬ。

かれらが川原へ走り込んできた巨軀に気づいたときには、野伏の頭目の右肩の上に、四尺の刃が寝かされていた。

柄《つか》をにぎる平助は、頭目の鼻先まで顔を近寄せて、穏やかに言った。

「おぬしは斬る」

「なに……」

おどろく対手の胸をとんと突いて、身を離した瞬間、平助は志津三郎を一閃《いっせん》させた。

首が、血の尾を引きながら、高く飛んで、川へ落ちた。

残された胴は、ゆっくりと前のめりに倒れる。

その凄絶《せいぜつ》すぎる一撃は、川原の敵味方すべての声を失わしめた。

「野伏の衆」

平助が呼びかける。

「おぬしら、いくさに馴《な》れた者と見受けた。ならば、おれの名ぐらいは聞いたことがあろう」

ちょっと間《ま》をおいてから、名乗った。

「魔羅賀平助と申す」

敢《あ》えてこういうひけらかしをするのは、闘いに終止符を打ったためである。

一様に目を剝いた野伏たちが、互いに狼狽の視線を交わし合う。

ひとりが、小さく悲鳴をあげて、くるりと背を向けた。

それがきっかけで、恐怖は瞬時に伝染し、野伏はことごとく尻尾《しっぽ》を巻いて逃げ去った。

平助の思惑どおりになったのである。

（ゆるせ）

と心中で、首のない胴体へ合掌《がっしょう》した。

警固侍たちが、宰領以下揃《そろ》って、足早に寄ってきて、礼を言い、深々と辞儀《じぎ》をする。

「それがしは、坂戸城主長尾越前守が臣、国分彦五郎《こくぶひこごろう》と申す」

頬を上気させながら名乗った宰領は、主君夫人の湯治帰りであることを明かした。

「天下に名高き勇者、魔羅賀平助どのにお助けいただくとは、なんという天佑《てんゆう》」

「強悍《きょうかん》で知られる上田長尾衆の方々にござったか。差し出たことをいたした」

知らなかったふりをして、平助は詫びた。

「何を言われる。われらがごとき未熟者だけでは、無念なれど、必ず野伏どもに討たれており申した。重ねて、御礼申し上げる」

いささか腕におぼえがあるらしいゆえか、彦五郎は、野伏どもと自分たちとの力量差を、しかと見極《みきわ》めていたようだ。

「彦五郎」

警固侍たちの後ろから、声をかけた人がいる。

「御方《おかた》さま」

かれらは、主君の正室のために前をあけ、左右に開いて折り敷いた。

(このお人が、越後の龍《りゅう》の姉……)

三十五歳の輝虎の実の姉というからには、当然それ以上の年齢であろうに、二十代の半ばぐらいにしか見えぬほど瑞々《みずみず》しい。ただ、やはり姉弟《きょうだい》である、体軀《たいく》雄偉《ゆうい》な輝虎と同じく随分と大柄《おおがら》であった。

「お控えなされよ」

立ったままの平助へ、侍女のひとりが怒鳴った。

「そちこそ控えよ」

と正室がその侍女を叱りつける。

「魔羅賀どのは、長尾家とは主従でもなければ、領民でもない。何故《なにゆえ》、臣下の礼をとらねばならぬと申す。辞儀を低うせねばならぬは、命を救って貰《もろ》うた当方《とうほう》じゃ」

実際に、正室は、平助の前で頭を下げた。侍女たちも従う。

義の人として知られる輝虎だが、姉も同じらしい。

（もしや、輝虎が姉に倣《なら》ったのか……）

ちらりと平助は思った。

「長尾越前守が室、綾《あや》と申しまする」

正室が名乗った。

「ともあれ、ご無事で何より。されば、これにて」

早々に去ろうとした平助だが、綾に呼びとめられる。

「命の恩人の魔羅賀どのをこのままお帰しいたしては、妾《わらわ》は礼儀知らずの誹《そし》りを免《まぬか》れませぬ。それは、あるじ長尾越前の恥となりまする。当家へお越しいただき、酒《ささ》の一献《いっこん》なりともお受けいただけませぬでしょうか。このとおり、お頼み申しまする」

また、綾は頭を下げた。

坂戸城は、ここから北へ三里ばかりのところであろう。

「われらからも、お願い申し上げる」

彦五郎以下の警固侍も、綾に追随する。

「魔羅賀どのと酌み交わすことができるのならば、われら、末代までの栄誉。なにとぞ、なにとぞ」

平助は頭を掻く。彦五郎らの願いは却《しりぞ》けてもよいが、女性《にょしょう》に恥をかかせては、必ず後悔しよう。

それに、気になっていることもある。

彦五郎らは気づいていないようだが、平助のみるところ、いまの野伏の一団は、明らかに綾の殺害を目的としていた。とすれば、この先も、坂戸城への帰路で再び襲ってこないとも限らぬ。

「過分のお招きなれど、おことばに甘えるといたす」

五

帰路、警固侍たちは気づかなかったようだが、平助は一度、待ち伏せの気配をおぼえた。案じたとおりである。

しかし、敵は襲ってこなかった。平助が同道しているのが見えたからであろう。

上田長尾氏の本拠の坂戸は、大河《たいが》信濃川に合流する魚野川舟運《しゅううん》の拠点で、関東と越後をつなぐ要衝《ようしょう》でもある。輝虎が、関東出陣のさいは、清水《しみず》峠、三国《みくに》峠のいずれを越えるにせよ、坂戸を通らねばならぬ。

それだけに、北条・武田双方から、長尾政景へ誘いの手が伸ばされることは、しばしばであった。かつては輝虎に敵対し、合戦にまで及んだ政景だけに、寝返りの危険性は常にあると言えば言える。

だから輝虎も、政景の処遇には心を砕き、国外遠征の折りは、あえて本拠の春日山城の留守居を任せるなど、大いなる信頼を示すことを忘れぬ。そのため、政景は輝虎次将《じしょう》ともよばれる。

（堂々たる構えだ……）

坂戸山に築かれた城を眺めて、平助は思った。本丸を中心に、山頂の稜線《りょうせん》に沿って長大な曲輪《くるわ》群、中腹から山麓《さんろく》にかけては屋敷群が広がっている。

麓《ふもと》の堀を渡ってから、奥まったところにある城主館の会所へ、平助は案内された。

いったん奥へ入った綾が、召し物を替えて、政景に従い、戻ってきた。

「そのほうが魔羅賀平助であるか」

会所へ入ってくるなり、政景は野太《のぶと》い声を響かせた。

「さようにござる」

「川中島で上杉の兵を五十人余りも討ち果しておきながら、ようものこのこと参ったわ」

上座に政景と並んで座す綾が、顔色を変える。

「殿《との》、お客人《きやくじん》に無礼でござりましょう」

「無礼を申したのではない。さすが陣借り平助の胆は太いと褒《ほ》めてやりたいのだ。平《へい》三《ぞう》とて、鬼美濃を討って貰《もろ》うたのだ、むしろ平助に感謝していようぞ」

猪首《いくび》の喉を反らせ、政景は声を立てて笑った。

平三とは輝虎の通称だが、いくら政景が同族の従兄とはいえ、いまはお屋形である輝虎を呼び捨てにしてよいはずはない。平助は政景の、自身の立場に対する不満を察した。

「平助、しばらく逗留いたせ」

「ありがたきおことばなれど、越前守どのが仰せられたように、それがしは、上杉には好《この》ましからざる者と存ずる」

「この政景は長尾である」

断固たる口調であった。

「それにな、平助。川中島では、わしは留守居であった。わが兵はひとりも失《うしの》うてはおらぬ。ここには、魔羅賀平助に敬意を抱きこそすれ、敵意をもつ者などひとりもおらぬ。そのほうの城と思うて、幾日でも幾十日でも気儘《きまま》に過ごせ。綾も喜ぼうぞ」

妻をいちど見やってから、政景は平助へ視線を戻す。

「そのほうのように身《み》の丈《たけ》六尺を超《こ》えてこそ男、と綾は思うておるのだ。見てのとおり、わしはせいぜい五尺五寸よ」

「妾はさようなことを申したおぼえはござりませぬ」

綾に咎《とが》められた政景は、粘《ねば》りつくような視線を返した。

「ならば、わしを好きか」

「かようなところで、何を仰せられまする」

「わしを好きかと訊いたのだ。こたえよ」

「お客人と家臣の前で妻をいたぶるのでござりまするか」

「主君と正室が仲睦《なかむつ》まじいのは、家臣にとっては喜ばしい限りではないか。のう、彦五郎」

平助の傍らに控える国分彦五郎に、同意を求める政景であった。

「御意」

と返辞をした彦五郎をちらりと見やった平助は、その固い表情の裏に憂《うれ》いを感じた。

「ことばで申せぬのなら、そなたの肌に訊いてみようぞ。湯沢の湯で、さぞやなめらかになったであろうゆえな」

下卑《げび》たことを言って、政景は綾の手首を強く摑んだ。

「座興《ざきょう》が過ぎまする」

とうとう綾も声を荒らげる。

「座興で抱くのではない。本気で抱くのよ」

無理やり綾を立たせた政景は、そのまま妻の躰を引きずるようにして、会所を出ていってしまう。

諫める家臣はいなかった。誰もが皆、小さく溜め息をつくばかりで、ことばも発せぬ。

彦五郎は、平助に対して、すまなそうに頭を下げた。

「国分どの。それがし、湯に浸かりたいのだが……」

何事もなかったように、平助は訊ねた。

「これは気づきませず、無礼をいたした。客殿の風呂を、すぐに支度させ申そう。夕べの宴《うたげ》の前に、ゆるりと旅の垢《あか》をお落とし下され」

「いや、お屋敷の内ではなく、外の出湯《いでゆ》がよいのだ」

このあたりにも温泉は湧き出ているはずであった。

「それは、外にも湯はござるが……」

「案内していただけようか」

ほどなく、屋敷を出て、坂戸山にほど近い隠し湯に案内された平助は、彦五郎にも浸かるようすすめた。

「されば、お背中を流し申そう」

平助の広々として堅牢《けんろう》な背中を糠袋《ぬかぶくろ》でこすりながら、背中はもとより、躰のどこにも、それと目立つ大きな傷がひとつも見あたらぬことに、彦五郎は賛嘆の声を上げた。

「魔羅賀どのは敵の刃を浴びたことが、滅多《めった》にないのでござるな。厳島《いつくしま》、京《きょう》の白川口《しらかわぐち》、桶狭間、小田原、川中島、天下に知られた大いくさで、常に無類のお働きをなされながら、なんという……」

あとは、ことばにもできぬ彦五郎であった。

「刃は幾度となく浴びており申す。それがしの躰は傷の治《なお》りが早いだけのこと」

平助は笑った。

「ときに、国分どの、ひとつ訊ねたき儀があるのだが……」

「殿と御方さまのことにござろう」

彦五郎のほうで察した。

「明かしてはならぬことなら、何も申されずともよい」

「申し上げねばなりますまい。魔羅賀どのを無理に引きとめて、坂戸へ来ていただいたのに、あのようなことに……」

平助の背中を流す手がとまった。

「御方さまがお輿入れあそばした当初は、おふたりはまことに仲睦まじき夫婦にあられた。殿が、長尾景虎《かげとら》どのに敗れて、鬱々《うつうつ》として愉しめぬ日々を過ごされていたころも、御方さまのおやさしさに、どれだけ救われたことか……」

長尾景虎とは上杉輝虎のことである。

夫婦仲に亀裂が生じ始めたのは三、四年前からだが、原因は家臣たちにも判らぬ。

もともと野心家の政景だけに、越後長尾氏の嫡流筋の自分が、末弟《まってい》筋で年下の輝虎の下風に立つことに、やはり堪《た》えがたくなった。そうなると、綾のことも、輝虎の命をうけた監視人で、そのやさしさにも裏があると疑い始めた、というのが大方《おおかた》の推測であった。

ただ政景にも同情されるべき点がある。輝虎との過去の経緯と、坂戸の地理的条件から、北条・武田への寝返りを疑われつづけていては、何かしら屈託を抱くのも無理はない。

さきごろ、武田勢が信州野尻城を奪取し、越後へ乱入したときも、上杉と同盟を結んでいたはずの会津《あいづ》の蘆名盛氏《あしなもりうじ》が信玄の誘いにのったのだが、輝虎の側近には、政景が手引きをしたのではと疑惑の目を向けた者もいるのである。

上田長尾の衆は、主君政景を慕っている。夫婦間の軋轢《あつれき》や、輝虎との危うい関係を別にすれば、武芸に秀《ひい》でているし、情にも厚い御大将《おんたいしょう》なのである。

「魔羅賀どの。早々にお暇なさるおつもりにあられようか」

主君夫婦のことを語り終えたあと、彦五郎が探るように訊ねた。政景と綾の醜態を見て、平助が長居《ながい》は無用と思いきめたとしても、今度はひきとめることは叶わぬと覚悟したのである。

「この隠し湯が気に入ったゆえ、しばらく逗留させていただこう」

「それは重畳《ちょうじょう》。まことに重畳」

彦五郎のおもてが安堵《あんど》と喜びでいっぱいになる。

「されば、ご逗留中、われらに弓馬《きゅうば》の稽古をつけていただけぬであろうか。実は、皆がそれを期待しており申して……」

彦五郎のいう弓馬とは、弓術・馬術はもちろん、武芸全般をさす。

「僭越《せんえつ》ではござるが、仕《つかまつ》ろう」

平助の背中を流す手は、また勢いよく動きだした。

「かたじけない」

六

平助は、諸肌脱《もろはだぬ》ぎの両腕を広げてみせた。武器を何も持っていない。

「卯松《うのまつ》どの、ご存分に」

がらあきの平助の腹へ、短鎗《たんそう》の穂先を向けた対手は、前髪《まえがみ》立ちの少年。こちらも諸肌脱ぎだが、涼しげな平助とは対照的に、頭から水をかぶったように汗をかいている。

周囲の地面に折り敷いて、両人の稽古を見成る侍たちも皆、片肌脱ぎ、諸肌脱ぎで、汗まみれであった。

「覚悟いたせ、平助。きょうこそ、ひと突き、見舞《みも》うてやるぞ」

稚《おさな》く甲高い声で、卯松は宣言した。

その凜々《りり》しくも可愛らしいようすに、一同ひとしく、思わず微笑んでしまう。

広縁《ひろえん》まで出て見物している綾も、おもてを綻ばせた。卯松は綾の二男である。

卯松の鎗は真鎗《しんそう》だが、素手の平助が危ないとは、誰も毛筋の先ほども思わぬ。

「えい」

踏み込んだ卯松の鋭鋒《えいほう》を、平助は難なく躱《かわ》す。

たたらを踏まされた卯松は、振り返り、憤懣《ふんまん》やるかたなしという顔で、平助を詰《なじ》る。

「いつも逃げてばかりではないか、卑怯者」

真鎗を揮《ふる》っているほうが、素手の対手を卑怯者呼ばわりするのだから、侍たちは笑いを怺えねばならなかった。

「またいつものように、この卯松が疲れたところで、鎗を取り上げるつもりか。狡《ずる》いぞ」

「されば、きょうは、取り上げ申さず」

「まことじゃな」

「まことにござる。きょうは、卯松どのおんみずから、鎗を手放されることにござりましょう」

「ばかなことを申すやつじゃ、平助は」

「されば、お試《ため》しあれ」

「まいるぞ」

鎗を取り上げられることはないと判って、勇躍した卯松は、ただちに間合《まあ》いを詰め、気合一声《いっせい》、平助の腹へ、穂先を突き入れた。

誰もが、あっ、と蒼ざめた。平助が大手《おおで》を広げて突っ立ったまま何もしなかったからである。

しかし、倒れたのは卯松であった。弾《はじ》かれたように、ひっくり返ったのである。腕が痺《しび》れて、みずから手放してしまった鎗は、平助の足許に落ちている。

対手が子どもで鎗術《そうじゅつ》に未熟なので、腹筋《ふっきん》を一瞬、鋼《はがね》のように硬《かた》くすることで、真鎗を弾き返した平助であったが、周囲の目には、人ではないと映った。

「魔羅賀どのは摩利支天《まりしてん》の化身じゃ」

「いや、化身ではない。摩利支天じゃ」

「まことに」

驚嘆の声の絶えぬ中、平助は短鎗を拾い上げて、卯松の手へ戻してやる。

もはや、平助を見る卯松も、唖然としていた。

そこへ、政景がやってきた。

こちらも顎《あご》から汗を滴《したた》らせているのは、馬責《うまぜめ》から戻ってきたところだからである。

従う者の中に、顔も躰つきも政景に似た若武者がいる。すでに元服して、左京亮《さきょうのすけ》義景《よしかげ》と名乗る政景の長男である。

卯松が、ぱっと立ち上がり、義景のほうへ駈け寄ってゆく。

「兄上、兄上、平助は凄いのですよ」

義景の袖を摑もうとしたところで、鞭《むち》のひと振りが飛んできた。悲鳴を上げ、右手の甲を押さえた卯松は、その場にうずくまって、泣きだしそうになる。

「卯松、身分をわきまえよ」

鞭を揮《ふる》った政景は冷たく言い放った。

「左京亮はいずれ家督《かとく》を嗣《つ》ぐ嫡男《ちゃくなん》じゃ。臣下の礼をとれ」

広縁に座す綾が腰を浮かせる。

その姿を見た卯松の目は、縋《すが》りつきたい色を露わにして、濡れ始めた。

「卯松どの。稽古が終わったとは申しておりませぬぞ。次は弓矢にござる」

大股《おおまた》に歩み寄った平助が、少年の躰をひょいと抱え上げ、政景と義景の前から連れ去ってゆく。

「泣いてもよいが、それがしとふたりきりになるまでは、怺えなされよ。いずれひとかどの武将になりたければの話にござるが」

すると卯松は、おのれの拳《こぶし》に歯をあて、嗚咽《おえつ》が洩れるのを怺えた。

(みどころのあるお子だ)

この日の深更《しんこう》、客殿の平助の寝所をひそかに訪れる者がいた。

綾である。薄衣《うすぎぬ》一枚のしどけない姿であった。

「綾どのはお美しい」

と平助は言った。

「老いておりまする。それでも、お抱き下されましょうや」

覚悟と羞恥がないまぜのようすである。

「お頼み事があるならば、仰せられよ。それがし、何事かと引き替えに、女子《おなご》を弄《もてあそ》ぶつもりはござらぬ」

「無礼をいたしました。どうかおゆるしを」

引きずっていた小袖《こそで》を羽織《はお》って、綾は平助の前に座った。

「されば、申し上げまする」

ひと呼吸置いてから、綾は頼み事を明かした。

「わが良人《おっと》、長尾越前守をお討ち下され」

平助はおどろかなかった。予感がしていたからである。

「それがしを坂戸へ招かれたのは、それゆえにござったか」

「はい」

「早々に仰せられなんだは、迷うておられたからにござろう」

これにも、綾はうなずいた。

「なれど、きょう、卯松どのが鞭で打たれたことで、ご決意なされた」

「何もかもお見通しであられたとは、妾は恥ずかしゅうございまする」

「綾どの。ご寝所へお戻りなされよ。それがし、なにひとつ聞かなかったことにいたす」

「妾のためではなく、卯松のために、仕遂げて下されませぬか」

「卯松どのは、お父上を討ってほしいとは思うておられますまい」

「良人はいずれ卯松を殺しまする」

「長子《ちょうし》と次子《じし》以下、長幼の順などと申すことは、武家ではよく起こる諍《いさか》い。それがいつも血腥《ちなまぐさ》いものになるとは限り申さぬ」

「卯松は、輝虎どののお子」

と綾が告白した。

上杉・長尾の一族でもなければ家臣でもない者が、知ってよいことではあるまい。

平助は、返すことばに詰まった。

「妾と輝虎どのは、畜生道《ちくしょうどう》に堕《お》ちたのでござりまする」

実の姉と弟の姦通《かんつう》。あまりに重い。

輝虎というのは、義の人といわれるが、それは狂的ともいえる信仰心の発露《はつろ》であった。

およそ知りうる限りのありとあらゆる神仏を敬い、加護《かご》を願い、誓書《せいしょ》を差し出す。出陣に伴《ともな》う仏像の量は言語を絶し、敵地でも神社仏閣に詣《もう》でることを決して忘れず、陣中では必ず祈禱所《きとうしょ》を設《もう》けて籠《りつ》もる。

その信仰心は、自己を強く律することに通じており、

「心に慾《よく》なき時は義理を行う」

「心に私《わたくし》なき時は疑うことなし」

「心に驕《おごり》なき時は人を敬う」

そのほか、本物の僧侶でも果してここまでおのれに厳しい者がいようか、というほどの家訓《かくん》を幾つもつくっている。

だから、相模《さがみ》北条氏を討つべく、連年、関東出兵を繰り返すのは、領土拡大のため

ではない。反北条の諸豪族からの要請をうけて、あくまで関東管領として戦う、つまり義戦《ぎせん》であった。武田信玄と戦うのも、信玄に逐《お》われた北信濃の諸豪族に領地を取り戻してやるためである。

向背《こうはい》常ならぬこの乱世で、朝廷と将軍家から、心より頼みとされている武将は、天下に輝虎ひとりといってよい。本人も、勅命《ちょくめい》・台命《たいめい》を奉じて正義の剣を揮っているのは自分だけという意識を強烈に有し、

「毫《ごう》も天下に望みなし」

とまで断言できる特異な武将なのである。

そんな輝虎が、姉と姦淫《かんいん》の罪を犯したなどと、誰が想像しえよう。

「魔羅賀どのも、上杉輝虎が武門の当主であるにもかかわらず、妻帯を拒《こば》んでいることを、ご存じにござりましょう」

「存じており申す」

天下に有名な事実で、越後国主は衆道《しゅどう》のみの人と世人はみている。

「われらの母、虎御前《とらごぜ》は、戒律の厳格な真言《しんごん》宗に深く帰依《きえ》しておりまする」

もはや重大な秘事を明かしてしまったからにはとでも言いたげに、綾は語り始めた。

幼いころの輝虎は、母を強く慕ったが、七歳で引き離され、曹洞《そうとう》宗寺院の林泉寺《りんせんじ》へ預けられた。母の恋しい輝虎は、母の信じる神仏と深く関わることで、愛情の代償とした。と同時に、林泉寺の住持《じゅうじ》天室光育《てんしつこういく》の峻烈《しゅんれつ》な教育により、信仰心は一層強固なものとなった。

輝虎が十四歳で春日山城へ戻ったとき、当時まだ二十歳ながら、長尾政景に嫁いで五、六年経つ綾は、姉というより、母虎御前そっくりの佇《たたず》まいをもっていた。このときから輝虎の懊悩《おうのう》は始まった。その懊悩を拭い去るため、なおさら神仏に傾倒した。

綾のほうも、輝虎の思いを察して、なぜか罪悪感に苛《さいな》まれた。弟を苦しみから解放してやることが、神仏より与えられた試練と信じ、周囲の者にひそかに命じて、重臣直江実綱《なおえさねつな》の女《むすめ》や、上野《こうずけ》の千葉采女《ちばうねめ》の姫などを、それとなく輝虎に近づけたりした。ところが、そのたびに輝虎は、必ず姉の配慮を見抜いて、悲しい顔をし、そういう女性たちとは閨《ねや》を共にすることはなかった。

やがて綾は思い知った。自分も同じ苦しみの中に身を置かぬ限り、輝虎を救ってやることはできぬ、と。

ついに姉と弟は肌を合わせた。

「後悔はしておりませぬ。輝虎どののお子を身籠もったと判ったときも、心はただただ歓《よろこ》びで満たされ……」

「越前守どのは、その秘事《ひじ》をいかにして暴《あば》いたのでござる」

「しかと露見してはおりませぬ。良人は強く疑《うたご》うているのでござりまする」

「疑うことになったきっかけがありましょう」

「一間四方《いっけんしほう》の城」

謎めいたことを言って、綾はちょっと微笑んだ。

「輝虎どのは、幼きころ、父上より賜った一間四方の鋳物《いもの》の城で、飽《あ》くことなく遊んでおられましたが、それを、卯松が五歳になったとき、手ずから下されました。良人もまた幼きころの輝虎どのをよく知るお人。卯松が鋳物の城で遊んでいる姿こそ、輝虎どのそのものだったのでござりまする」

その後は、顔つきも仕種《しぐさ》も、日増《ひま》しに幼少期の輝虎に似てくる卯松に、政景は疑惑を膨《ふく》らませ、徐々に辛くあたるようになった。同時に、綾に対する閨の営みも、ほとんど暴力的なものとなった。

「妾は、過日の野伏も、良人が妾に放った刺客《しかく》と疑うておりまする」

あのとき綾は、自分への殺気を感じていたという。

「越前守どのがそこまでなさるとも思えぬが……」

そんなことをすれば、輝虎から真っ先に疑われ、坂戸城を攻められるのは必定《ひつじょう》。そう政景なら予想がつくはず、と平助は思う。

実は、湯治帰りの綾の一行が野伏に襲われた一件は、早々に春日山城へ伝わり、数日して、坂戸城へ輝虎の使者がやってきた。

北条か武田の命を受けた者らが、輝虎の姉を人質にとろうとしたに違いないので、政景は充分に気をつけるように、と。

しかし、使者は、これは流言《るげん》にすぎぬがと前置きして、政景を牽制《けんせい》するようなことも言った。すなわち、寝返りを画策《かくさく》している政景が、綾が北条か武田にかどわかされたとみせることで、自分への疑いを拭い、輝虎を油断させる策ではなかったのか、と。むろん、根も葉もない噂なので、輝虎は一笑に付した、と使者は付け加えた。

政景は、綾の警固人数を増やし、外出も控えさせることを約束して、使者を帰らせたものの、二、三日の間、きわめて不機嫌そうであった。その表情から、政景は野伏とは関わりない、と平助は確信をもった。

「殺すよりも、生きることをお考えになられてはいかが」

平助はすすめた。

「どういうことにござりましょう」

「越前守どのを討とうなどと思わず、卯松どのを伴《つ》れて春日山城へ入られればよろしゅうござろう」

「それでは、輝虎どのと良人はいくさになりまする」

「越前守どのを討てば、なおのこといくさになり申す」

「魔羅賀どのが、誰の頼みによるものか、口を鎖《とざ》して下されば、いくさにはなりませぬ」

「なるほど。それがしを捨《す》て駒《ごま》になさるご存念であられたか」

「決して、捨て駒などにいたしませぬ。良人が、乱心し、妾との仲を疑うて魔羅賀どのを討とうとしたので、魔羅賀どのはやむをえず返り討ちにした。さよう妾が証言いたしまする。いまや家来衆はあなたさまを慕《しと》うておりまするゆえ、皆々、妾のことばどおりに受け取るは必定」

「それがしを長居させている理由は、そこにもござったか」

「女の浅知恵《あさぢえ》とお嗤いなされまするか」

「深慮遠謀と申すべきにござろう」

「お褒めいただけたのなら、なにとぞご加担下されませ」

綾の眼差しには必死さがある。

綾がいちばん守りたいのは、人口に膾炙《かいしゃ》する上杉輝虎の偶像であるに違いない。義の人が、おぞましいばかりの不義を犯していたと知れれば、人々の輝虎に対する畏敬の念は雲散霧消する。

（春日山へ行こう）

平助はそう思い決した。

これは輝虎が処すべきことであろう。平助からすべてを聞かされて、輝虎も綾と同じく、政景を討つと決断するのなら、それは仕方がない。そのときは、政景に備えをするよう伝えよう。自分にできるのは、そこまでである。

だが、平助は嘘《うそ》をついた。

「一日か二日、考えさせていただきたい」

期待をもたせる返辞である。綾はおもてを輝かせた。

ところが、翌日、平助にとっても、綾にとっても、事は思わぬ方向へ転じる。

七

「平助、供をいたせ」

朝早く、政景によばれ、出かけることとなった。

「湯沢に宇佐美駿河が参っておる。そのほうも会いたかろう」

宇佐美定満は例年、夏は近臣のみを引き連れ、湯沢の野尻池で避暑《ひしょ》を兼ねて舟遊《ふなあそ》びをするのだが、そのさい招待の書状《ふみ》を政景のもとへ届けるのが常であった。都合がつくときは、政景も招きに応じる。

（そうか、駿河どのがおられた……）

平助は、今夜ひそかに坂戸城を抜け出し、春日山城へ急ぐつもりでいたが、よくよく考えれば、まずは定満に明かして相談するという手があるではないか。智慧者《ちえしゃ》の定満ならば、よき手立てを考えてくれるやもしれぬ。

「ありがとう存ずる。駿河どのにまたお会いできるとは、願ってもなきこと」

政景は、平助のほか、子の義景と卯松にも供をさせ、国分彦五郎ら家臣を三十人ばかり従えて、坂戸を出た。

灼けつく陽光と、降るような蟬時雨《せみしぐれ》を浴びながら、山路を進み、一行は二刻《ふたとき》後には野尻池へ到着した。

野の尻にあるから野尻池なのか、あるいは信州野尻湖に形が似ているとでもいうのか、池の名の由来を平助は知らぬが、なかなか大きな池である。

近くに小さな城が見える。

池の畔に毛氈《もうせん》を広げて座っていた定満が、振り向きもせず、上体を少し揺らしながら、ひらひらと手を振った。どうやら、早くも聞こし召しているらしい。

「なんと魔羅賀平助ではないか」

政景の一行が合流すると、ようやく立ち上がって振り返った定満は、そこに平助の姿を見て、心底おどろいたようすであった。酔いがいっぺんで醒《さ》めたように見えるほどに。

「駿河。おぬしを喜ばせようと思うて、連れてまいったのだ」

してやったりの顔つきの政景である。

「いや、嬉しゅうござる。この老齢では、二度とふたたび陣借り平助には会えぬと諦めており申したゆえ」

「何を申す。駿河は百歳までも生きようぞ」

「越前守さまはおやさしきことを仰せられる。されば、この暑さにござるゆえ、早々に舟上にて涼みましょうぞ」

「それがよい」

岸辺には、綺羅《きら》を飾った三艘《そう》の屋根舟《やねぶね》がつながれている。うち一艘には、酒肴《しゅこう》が山と積まれ、早くも庖丁遣《ほうちょうづか》いや茶人たちなどが乗り込み始めた。

「さあさあ、若君《わかぎみ》たちは、こちらの舟へ」

定満の家老戸股主膳《とまたしゅぜん》が、義景と卯松を、空の屋根舟へ導く。双方の供衆も数人ずつ同乗した。

「われらは、残る一艘に」

と定満が、政景を促してから、平助を見やった。

「あとで、内々に申し上げたき儀がござる」

低声《こごえ》で平助は伝えた。

「その前に、わしのほうが訊きたい。おぬし、越前守さまに陣借りいたしたのか」

「陣借りではござらぬ。御方さまに招かれ、ただ遊ばせていただいており申す」

「そうか」

なぜかほっとしたようすの定満を、平助は訝った。

（おれが越前守どのに陣借りするのは気に入らぬということなのか……）

もう一度声をかけようとした平助だが、定満は政景につづいて屋根舟へ乗り込んでしまった。

互いの供衆も二人ずつ随従する。政景の供は、国分彦五郎と売間又次郎《うりままたじろう》という者だ。

「平助。そのほうも乗れ」

政景が手招きしたのに、

「それはなるまじ」

と定満はかぶりを振った。

「平助は巨漢ゆえ、ほかの者との釣り合いがとり難《がた》く、舟がひっくり返るやもしれ申さぬ」

「それもそうだの」

納得した政景は、畔に立つ平助に向かって、こんどは、退がれというように手を振った。

岸を離れた三艘の屋根舟は、池の真ん中あたりをめざして、水面《みなも》を滑《すべ》ってゆく。

平助は、ますます不審を抱いた。あれだけ自分のことを買ってくれていた定満から、これほどつれない接し方をされるとは。

もっとも、仕官の勧めも、輝虎への拝謁も袖にした平助だから、定満が少しは腹を立てていたとしても不思議ではない。

池の真ん中で三艘は停泊し、水上の酒宴が開始された。

「われらも呑みましょうぞ」

陸《おか》に残された政景の供衆も、酒盛りを始める。

だが、定満の供衆は、すすめられてもことわった。長尾の衆を待つ間、したたかに呑み申したゆえ、という。

平助はといえば、四、五盃、呑んでから、ごろりと横になった。

呑みつづけるのも悪くはないが、定満に話をきいてもらっても、それでも春日山城へ赴くことになるやもしれぬから、睡眠はとっておいたほうがよい。夏の午睡《ひるね》は、暑さで奪われた体力を回復してくれる。

すぐに寝入った。いつでもどこでも眠れるのは、武人が具《そな》えるべき技のひとつである。

やがて、水音で目覚めた。

どれくらい眠ったものか、陽は中天より西へ傾いていた。

陸で待つ政景の供衆は、千鳥足《ちどりあし》でふらつく者、高鼾《たかいびき》の者、岸に近い水面で躰をぷかぷか浮かせる者、回らぬ呂律《ろれつ》で意味不明の会話を交わす者らなど、すっかり出来上がっている。

一方、定満の供衆は、逆に酔いを醒ましたのか、それとも最初からさほど呑んでいなかったのか、酔った長尾の衆をおかしそうに眺めるばかりであった。

池へ視線を遣《や》ると、屋根舟の周りで幾人かが泳いでいるではないか。陽射《ひざ》しと酒で暑くなった躰に浴びる水は、気持ちがよかろう。酒の回った躰で水浴びするのは、実はよろしくないのだが、戦場鍛えの面々ならば大事はなさそうであった。

卯松が抜き手をきったり、潜ったり、舟上の者らへ水をかけたり、いかにも愉しげである。

「されば、越前守さまに、それがしの水術《すいじゅつ》をご覧に入れる」

定満の声が聞こえた。

舟中で立ち上がり、下帯ひとつになって、いまにも飛び込もうというところである。

（おやめになったほうがよいが……）

さすがに定満では、平助も心配である。七十六歳ともなると、躰を急激に冷やせば、心《しん》の臓《ぞう》に大きな負担がかかる。

といって、とめたところで、聞き容れる定満ではないので、平助は見戍るだけにとどめた。

「そりゃ」

飛び込むというより、尻から落ちた定満は、水術どころか、手足を無様《ぶざま》にじたばたさせるばかりで、溺《おぼ》れかけのように見えた。しかし、ちゃんと浮かんではいる。

その姿があまりに滑稽《こっけい》で、屋根舟の人々も、陸の者らも、どっと笑う。

「駿河ひとりを笑い者にはさせぬぞ」

政景も脱ぎ始めたが、こちらも酔っているので、袖や裾が絡《から》みつき、舟中で転んだりする。彦五郎と又次郎が、笑いながら、主君の着衣を剝《は》いでやる。

政景が足から飛び込み、いったん沈んで浮かび上がったときには、水面から定満の姿が消えている。

「おやおや、ご老体、とうとう溺れたか」

笑う政景に、彦五郎が声を落として明かした。

「駿河守どのは、殿のご足下《そっか》にお隠れなされましたぞ」

「そうか」

噴き出したいのを怺えて、政景は、ならばとばかりに、こんどは頭から水中へ潜《もぐ》った。

数瞬後、そのあたりが波立って、白い泡がごぼごぼと立ち昇ってきた。

両人が水中で、子どものようにじゃれ合っているに違いない。

近くを泳いでいた卯松も、子どもの遊び心を刺激されたのであろう、両人をおどろかせるべく、潜った。こちらは河童《かっぱ》みたいに素早い。

そのあたりの水の動きは、一層騒がしくなった。泡も夥《おびただ》しい。

「…………」

平助が、岸のぎりぎりまで寄った。名状しがたい、いやな気配をおぼえたのである。

突然、ひとりが、伸び上がるようにして、水面に姿を現した。卯松である。

卯松は、烈《はげ》しく咳《せ》き込み、溺れそうだ。

躊躇《ためら》わず、平助は池へ飛び込んだ。

十間《けん》余りも潜水行をしてから、浮き上がり、抜き手を切る。水術にも巧《たく》みな平助の泳ぎは、迅《はや》い。

「父上が……父上が……」

まだ咳を止めえぬまま、何か伝えようとする卯松を、戸股主膳らは舟へ引き上げた。

「あっ……」

舟上の彦五郎が蒼白となる。白い泡が赤い泡に変わり始めたからであった。

このときには、平助が泡の下へと潜っている。

間に合わなかった。

心の臓のあたりと、口から血を噴き出す政景の、力を失った躰が、ゆっくりと浮上し始めていた。

定満は、右手に持つ鎧通《よろいどおし》で、おのれの喉を突こうとしている。鎧通は、あらかじめ、水底に隠し置かれていたのであろう。

定満の右腕を強く摑んだ平助は、その武器を手放させた。そのまま、ともに浮かび上がる。

「殿おっ」

水面に晒《さら》された主君の無惨な姿に、彦五郎が絶望の悲鳴を放つ。

「汝《うぬ》ら、たばかったな」

売間又次郎は、定満の供衆を見て、脇差に手をかけた。が、しかと柄《つか》を摑めぬ。酔っているのと慌てているのとで、不覚をとったのである。

定満の供衆二人は、もとより備《そな》えができている。ともに脇差を抜いて、又次郎に斬りつけ、池へ蹴落《けお》とした。

「おのれ」

振り返った彦五郎も、左腰を押さえて、はっとする。

いましがた、定満の供衆から、よき拵《こしら》えの脇差ゆえじっくり拝見させていただきたいと言われ、上機嫌で渡したばかりだったのである。

彦五郎は腹を抉《えぐ》られ、舟縁《ふなべり》から落水した。

ほかの二艘でも騒ぎは起こっているが、定満側が政景側を制圧したのは言うまでもない。

池辺でも、酔いのため、動きの思うにまかせぬ長尾衆は、宇佐美衆に斬り捨てられてゆく。

「駿河どの。これが、この世の未練にござったのか」

立ち泳ぎをしながら、定満に怒りをぶつける平助だが、

「未練の忠義である」

という返辞を浴びせられた。定満の息は荒い。

「主命《しゅめい》ではなく、独断と言わるるか」

「お屋形は暗殺、謀殺をおきらいじゃ。これにて越後は治まる」

喘《あえ》ぎ喘ぎ、定満は言った。

国内における主君の敵対勢力の首魁《しゅかい》になりうる者を、自分の目の黒いうちに殺して

おきたいと考えるのは、軍師として当然というべきではある。

平助は思った。輝虎が政景を殺したがっていて、その本意を察した上の定満の独断であったのだ、と。主君を絶対的な存在と考える武士の忠義とは、そういうものだ。定満にすれば、輝虎と綾の不義を秘《ひ》すためにも、政景を亡き者にする機会を窺いつづけていたのであろう。

「卯松どのがことは、いずれ露見いたしましょうぞ」

「お綾さまより明かされたか」

「ほかに誰が明かすと」

「そうじゃな」

「綾どのもお討ちになるか」

「一度しくじったわ」

「よもや……」

「陣借り平助に邪魔立てされては、どうにもならなんだ」

野伏の一団を綾への刺客として放ったのが定満であったとは、平助も想像だにせぬことであった。

「案ずるな。もはや綾どのに手出しはせぬ。ご家督のご生母ゆえな」

「ご家督は、左京亮義景どのにござろう」

「思い違いをいたすな、平助……。卯松君は……」

定満のようすが、おかしい。がたがた震え始めた。濡れた唇は紫色に変じている。

「卯松君は、上杉守護家のご家督じゃ」

定満の心の臓が危ないとみた平助は、老体を引き寄せ、舟のほうへ泳ぎだそうとした。しかし、凄い力で抵抗された。

「死なせぬぞ、駿河どの」

「鬼美濃がように、わしも死花を咲かせたい」

ひどく苦しげに、定満は懇願する。

「原美濃守どのは武辺《ぶへん》のみに生きられた。駿河どのは権謀術数《けんぼうじゅっすう》の軍師ではござらぬか。武辺は死して咲く花、軍師は生きてこそ咲く花。それがしは、さよう心得申す」

定満のおもては、言いようもない悲しみに一瞬にして塗《ぬ》り込められた。

平助がふたたび老体を引き寄せた刹那、定満は白目《しろめ》を剝き、ひいっと息を吸い込み、総身を突っ張らせて、ひくひくし始めた。

「生きられい、駿河どの」

平助は絶叫した。

八

まだ暑さの厳しい山路を、平助は、丹楓を曳いて、ゆるゆると歩をすすめている。

眼下はるかに、芙蓉《ふよう》の花に形の似た湖が見える。信州野尻湖である。

平助は瞑目《めいもく》、合掌した。甲越《こうえつ》の両雄《りょうゆう》を思って……。

宇佐美定満も本当は武辺のみに生きたかったはず。原虎胤終焉《しゅうえん》の地とはまったく別の場所でも、名の同じところで最期を遂げたことは、せめてもの仕合《しあ》わせであったろう。

湯沢の野尻池の惨劇の直後、かねての計略通りであったものか、戸股主膳以下の定満の供衆は、平助の腕の中で死んだ主君を置き去りにして、義景と卯松を人質に、池の近くの小城に立て籠もった。平助については、主膳は定満より、政景に陣借りしたのではなく、長尾家の客人にすぎぬので手出し無用と耳打ちされていたのである。

「なにとぞ早々にお立ち退き下され」

主膳より頭を下げられ、平助はその場から去った。これ以上は関わることではない。

のちに平助は知るが、ただちに上田長尾衆からの訴えをうけた輝虎は、定満の居城の琵琶島城も所領も召し上げ、宇佐美家を断絶せしめる。同時に、主膳を説得して、政景の遺児《いじ》たちを取り返し、義景には上田長尾の家督を相続させ、卯松に関しては、ゆくゆくは輝虎の養子にするという約束をして、ひとまず人質として春日山城へ引き取った。この卯松は、長じて上杉景勝《かげかつ》となる。

綾は、落飾《らくしょく》して、仙桃院《せんとういん》と称し、ふたりの息女《そくじょ》とともに、同じく春日山城で暮らすよう命ぜられた。

綾にすれば、何もかも思惑どおりになったというべきだが、その真相を知る生存者は、綾自身と、そして輝虎のみである。姉弟にして、不義の男女という、固い絆《きずな》で結ばれたふたりが、真相を明かすことはありえまい。

山路を下りて、広野《ひろの》へ出たところで、平助の前方に、武装の一団が現れた。騎馬《きば》十騎に徒《かち》の兵を合して、総勢五十人を数えるであろう、こちらをめざして、砂塵《さじん》を蹴立てている。

いずれの手の者か、考えなくとも判った。

「丹楓。おれは、おれに陣借りするぞ」

愛馬に手早く鞍をつけると、平助は馬上の人となった。

（これこそ女の浅知恵にござるよ、綾どの）

傘鎗の笠を、平助は回し始めた。

敵が迫る。

入道雲の立つ空へ舞い上げられた笠は、風を起こした。

魔羅賀平助と丹楓は、天空を自由に吹き渡る陣風《はやて》である。誰にも止められはしない。

その鋭い唸りは、五十人の耳に残って、離れないであろう。あっという間に訪れる死のときまで。

鶺鴒《せきれい》の尾

一

高く碧《あお》い空を、生絹《すずし》のような雲が流れ往《ゆ》く。

濡れた砂地に、小鳥が一羽、長い尾を上下に振りながら歩いている。鶺鴒《せきれい》である。

横長に無数の白い泡を躍らせながら、砂地を舐《な》めるように、すうっ、と水が押し寄せる。

鶺鴒は飛び立った。

わあっ、と笑い声がはじける。

後ろを振り返り、振り返りしながら、波打ち際《ぎわ》を駈ける童男童女は皆、頬を上気させ、まことに愉しそうだ。二十人余りいる。

童《わらべ》たちを追いかけるのは、諸肌脱ぎの巨軀の男と、緋色毛の美しい裸馬である。

といっても、男が馬の背に跨がっているのではない。馬が男の背に担がれている。

魔羅賀平助と愛馬丹楓であった。

丹楓は、波光きらめく海面を撫でて吹きつける潮風に、鬣《たてがみ》を靡《なび》かせ、なんとも気持ち良さそうである。

駈けっこするかれらの前方に、貝殻を並べて引いた線が見える。童たちと平助、そこへ先に到達した方が勝ちだ。

その貝殻線の傍らに、平礼烏帽子《ひれえぼし》に袖無羽織《そでなしばおり》姿の小太りの男が立つ。横に置かれた荷と並んで、砂地に幟《のぼり》が立てられ、それには、ぐにゃぐにゃと曲がりくねった意匠の文字が書かれてあり、〝飴《あめ》〟と読める。行商の飴売りである。

ぐんぐん差を縮める平助が、童たちの最後尾に追いついた。かとみるまに、次々に抜き去ってゆくその信じがたい光景に、飴売りは茫然《ぼうぜん》とする。

「うそや、ありえへん……」

あれほどの巨馬を背負って、こんな途方もない速さで走れるとは、とても人間とは思えない。

「あかん、あかん」

我に返った飴売りは、あわてて、懐中から小さな太鼓《たいこ》を取り出して叩き、盛んに童たちを励ましはじめる。

「子供衆、負けるんやないで。もっと気張りなはれ」

飴売りとしては、何としても童たちに勝ってほしい。平助がひとりにでも負ければ、全員分の飴を買ってもらえる。だが、平助が一番のときは、飴売りは無料で童たちに飴を馳走するという賭《か》けをしていた。

貝殻線の十間《けん》ばかり手前で、ついに先頭に立った平助が、にこっと笑顔を向けてくる。

「ああ、どんならん……」

どうしようもない、と飴売りが太鼓を放り捨てたとき、平助に背負われている丹楓が、ふいに馬体を急激に揺らした。

さしもの平助も、海側へ大きくよろめき、そのまま腰砕けに砂浜に転がった。丹楓のほうは、軽《かろ》やかに四肢で着地し、涼しい顔である。

寄せてきた波が、平助の全身を洗う。

先に貝殻線に達した子らは、そんな平助を指さし、けらけら笑っている。誰よりも手放しで喜んでいるのは、飴売りであるが。

「丹楓。対手《あいて》がたとえ子供でも、勝負は勝負だぞ」

平助は、愛馬を睨みつけた。子らに勝とうとする主人を大人げないとみた丹楓が、わざと馬体を揺らした、と平助はみたのである。

丹楓が、いったん主人に向けた鼻面を、何か促《うなが》すような仕種で、聚落《しゅうらく》の方向へ振った。

若狭小浜《わかさおばま》は大きな聚落である。京へ運ばれる日本海沿岸の貨物の陸揚港《りくあげ》として、鎌《かま》倉《くら》時代より栄えてきた。

広い往還から浜へ出てきた軍装の一団が、平助のほうへ足早に向かってくるところである。それで、ようやく平助も分かった。丹楓が主人の背で急に馬体を動かしたのは、かれらにいち早く気づいたからであったのだ。

平助は、立ち上がると、腰に提げている銅銭の緡《さし》を取り外し、丹楓の口に銜《くわ》えさせてから、尻を軽くぽんと叩いた。

速歩《はやあし》で貝殻線のところまで進んだ丹楓は、銅銭を飴売りの手へ渡す。

「おおきにでっせ」

満面を笑《え》み崩《くず》した飴売りが、早速、童たちに飴を配りはじめる。

黄色い歓声に、平助は微笑んだ。もともと、自分が駈けっこに勝っても、童たちに飴を馳走してやるつもりでいたのである。

軍装の一団が、平助の前に居並んだ。武士ふたりに、足軽八人。

武士はいずれも貧相な顔だちである。

「わしは、当国、国吉《くによし》城のご城主、粟屋越中《あわやえっちゅうのかみ》守さまの家臣にて、戸沢民部《とざわみんぶ》」

「同じく、別所外記《べっしょげき》」

どちらもしかつめらしい名乗りだが、どうも顔つき躰つきとは釣り合いがとれぬ。

（にわか武士のようだ）

下剋上《げこくじょう》が当たり前で、また、いずこの武将も戦闘員を必要としている戦国乱世だから、こういう成り上がり者はどこにでもいる。

「そのほう、陣借り者の魔羅賀平助だな」

民部が高飛車《たかびしゃ》に言った。

「いかにも、魔羅賀平助にござる」

ゆったり、平助はうなずき返す。

「ありがたくも粟屋越中守さまが、そのほうに陣借りをお許し下された。働きによっては、召し抱えてもよいとの仰せであるぞ。これよりわれらと国吉まで同道し、越中守さまに御礼を申し上げ、以《もっ》て奮励いたすがよい」

「ははあ、越中守さまが……」

「そうじゃ、粟屋越中守さまであるぞ」

粟屋越中守勝久《かつひさ》は、若狭三方郡《みかたごおり》の東部を領し、若狭守護武田《たけだ》氏の家老のひとりであったが、三年前、他の武田氏有力部将らとともに主家に叛《そむ》いて、独立自営の道を選んだ。このときは、守護武田義統《よしずみ》の要請をうけた越前朝倉《えちぜんあさくら》氏の軍勢により、越中守は鎮圧された。だが、その後も本領に籠もり、依然として主家の命令に服することはなかった。

すでに家臣団への統制力を失っている武田義統は、再び朝倉氏に頼った。一方、いずれは若狭一国を手中に収めたい朝倉氏にとっても、越中守は目障《めざわ》りな存在だから、再度の要請に応じ、昨秋、国吉城を攻めた。

ところが、朝倉勢の有利が予想されたこの戦いで、侍二百人、農民六百人という粟屋方が、敵を散々に打ち破って圧勝してしまう。

破った対手は越前国主の命をうけた軍勢である。この勝利によって、越中守が自信を得、粟屋の家臣たちも気が大きくなったであろうことは、想像に難《かた》くない。平助の目の前のふたりも、おそらくその合戦でいささかの手柄を立て、褒美に越中守から民部だの外記だのと大層な称を頂戴したものと察せられる。

長く諸国を経巡《へめぐ》っている平助の目から見れば、格上の敵を一、二度負かして得意になっている越中守ていどの武将は、天下のいたるところに割拠し、実態は山賊の親玉とさして変わるところがない。その家臣である民部らも、同様に、山賊の手下より上等とはいえぬ。平助に対する無礼で尊大な態度が、まさしくそれをみずから露呈しているというべきであった。井の中の蛙《かわず》は、自分が一番だと思い込んでいるものだ。

「黄金千枚」

と平助は、いきなり言った。

「黄金千枚……なんのことだ」

わけが分からず、民部が訝る。

「魔羅賀平助をお傭《やと》いになるさいの相場にござる」

胸を反らせてみせる平助であった。

黄金千枚を米に換算すれば、四万石か五万石にもなろう。むろん、平助は、対手をからかったのであり、これまで陣借りのさいに金品を要求したことなど一度もない。

「こ、こやつ……こちらが下手《したて》に出ておれば、いい気になりおって」

民部らが下手に出ているとはとても思えない平助は、苦笑した。

「何がおかしい」

民部が思わず陣刀の柄《つか》に手をかけ、それを制した外記は、平助を、ふん、と鼻で嗤う。

「やはり、わしが申したとおりであろう、民部。所詮、陣借り者などは、こうした手《て》合《あ》いよ。将軍家より百万石に値するとか言われたそうだが、それとて作り話に相違ないわ。陣借り者は、おのれを高く売らんとして、立てもしなかった手柄のほら話が喧伝されるよう、行く先々で大風呂敷を広げるのが常《つね》なのだ」

陣借り者に対する外記のこの見方は、実はほぼ正しい。

いくさのあるところへみずから参じ、許しを得て陣を借り、鎗働きによって報酬を得る臨時の傭兵を陣借り者というが、仕官を望んで必死に働いたり、兵法によく通じていたりする者は稀《まれ》であった。その日の飯にありつければよい、いくさのどさくさに掠奪《りゃくだつ》したい、といった怪《け》しからぬ輩《やから》が大半なのである。天下無双というべき強さをもちながら無欲で、なにものにも縛られずに風のように生きている陣借り者など、魔羅賀平助のほかに存在するものではない。

「魔羅賀平助よ、しくじったな」

なぜか外記が、にたり、と粘りつくような笑いをみせた。

「そのほうが素直に陣借りをさせていただきたいと申しておれば、なにがしか褒美を頂戴できたであろうに……。もはや黄金千枚どころか、鐚《びた》一文やらぬわ。むろん、仕官の話もなしだ。なれど、そのほうは、われらがあるじ越中守さまのご命令に服《したが》わぬわけにはいかぬぞ」

「意を分かりかねるが……」

「そのほうの妻女を人質にとっているのだ」

外記から思いもよらぬことを言われて、平助はきょとんとする。

「それがしの妻を……」

妻を持たぬ身の平助である。いちどは妻を娶ったが別れた、という経験もない。

「名を、ひろと申すのであろう。そのほうが陣借りを承知せねば、ひろを散々なぶってから、どこぞへ売り飛ばす。承知いたすのなら、こたびのいくさが終わったところでひろを無傷で返してやろう」

「何かの間違いではござらぬか。それがしに妻はおらぬし、ひろという名の女子《おなご》にも心当たりがない」

「とぼけるな。われらは、そのひろから、そのほうの行き先を聞いて、これへまいったのだ。何の関わりもない女が、知っているはずはあるまい」

「ふうん……」

平助はいま、小浜の刀鍛冶《かたなかじ》冬広《ふゆひろ》のところに逗留している。

七年ばかり前のことになるが、冬広の刀を買った武士が、斬れ味が悪かったと怒り、かねを返せと暴れているところへ、たまたま通りかかった平助は、その刀を取り上げ、兜の鉢を両断してみせ、悪いのは刀じゃなくてあんたの腕だ、とその場を収めた。これが縁で、若狭を訪れたさいは冬広のもとに旅装を解くようになったのである。

ただ、それは、もとより私的なことであり、まして平助が思いついてぶらりと小浜へやってきたのだから、ひろという会ったこともない女に知られているはずはない。

「ひろと申す女子はなぜお手前方に捕らえられたのか」

平助が訊き返すと、外記ではなく、民部がいやらしい笑みを浮かべる。

「知れたことではないか。見目《みめ》よき女だからよ」

この秋も、ほどなく朝倉勢が若越《じゃくえつ》の国境を越えて乱入してくると知れているので、粟屋方では北国街道まで物見《ものみ》を放った。その物見隊の中に加わっていた民部と外記は、引き上げてくるとき、越前敦賀《つるが》の天筒山《てづつやま》城の付近で、旅の途中の美しい武家女に出会った。民部らはこれを手籠《てご》めにしたいと思い、従者らを斬り捨てて、武家女を拉致《らち》した。ところが、武家女は、自分は陣借り平助として武名高き魔羅賀平助の妻ひろであると名乗った。そこで民部らは、ひとまず手籠めにするのを思い止《とど》まり、ひろを国吉城へ連れ帰って、越中守の判断を仰いだ。平助の武名を聞き及んでいた越中守は、参陣してくれることを望みはしても、陣借り者に足許をみられてはなるまじと思い、民部と外記にその意を含めた。そして、平助に陣借りをことわられたそのときには、ひろの存在を切り札にせよ、と。

右の経緯を知る由《よし》もない平助である。しかし、民部や外記のような山賊まがいのにわか武士が、武人の矜持《きょうじ》など持ち合わせず、戦場以外のところでも殺人・強姦・掠奪などを平然とこなすことだけは知っている。ひろという女は、美貌ゆえに、運悪くかれらの獣欲を刺激してしまったのであろう。

（それにしても、どうして魔羅賀平助の妻だなどと言ったのだろう……）

考えられる理由は、ひとつ。高名な陣借り平助の妻なら、酷《むご》い目に遇わされずに済むと思ったのではないか。だが、それで一時は災難を免れ得たとしても、嘘が露見すれば、より酷い目に遇わされることぐらい、想像できたであろうに。

ただ、魔羅賀平助の行き先を知っていたことは、いかにも気になる。

（どこかで会った女子なのかなあ……）

男女の情交について野放図《のほうず》でないとは言えぬ平助だが、肌を合わせた女たちのことは憶《おぼ》えている。ひろという名の女を抱いた記憶がない。

しかし、肌を合わせなかったとしても、何らかの関わりを持った女であるやもしれぬ。見捨てては寝覚めが悪い。

「それがしが越中守さまのためにただ働きをいたせば、おひろを無傷で返してくれると言われるのだな」

平助は、無傷で、を強調した。

「やはり、そのほうの妻なのだな」

外記が、にやりとする。

「いかにも、おひろはわが妻にござる」

これを聞いて、民部のほうは、小さく舌打ちを洩らした。

おそらく民部はひろに執心しており、手籠めにしたくてたまらないらしい、と平助はみた。

「それがしが陣借りを承知いたしたからには、この先、おひろに指一本でも触れる者あらば、誰であろうと……」

そこでことばを切った平助の巨軀が、動いた。

民部と外記は、瞬《まばた》きを、数回した。その間に、足軽八人が昏倒せしめられ、自分たちの喉元に、それぞれ鎗の穂先が突きつけられたのである。

「……このようになる」

と平助は穏やかな口調で言った。

あまりのことに、民部も外記も蒼白である。

「こ……殺したのか」

民部がふるえ声で平助に訊ねる。足軽たちのことである。

すると平助は、にわかに眼光を鋭いものにした。

「こ、殺したので、ござるか」

民部のことば遣いがあらたまった。

「海の水でもかけてやればよろしい。すぐに気づき申そう」

平助は、顔つきをまた穏やかにし、足軽から奪った二筋の鎗の柄《え》を、それぞれ民部と外記の胸へ押しつけた。

名だけは大層な戸沢民部も別所外記も、鎗を抱いたまま、その場に腰からへなへなと頽れた。

二

三方郡佐柿《さがき》の地に築かれた国吉城は、尾根の稜線上に設けられた曲輪《くるわ》が段状に連《つら》なる山城である。

その山麓の城主館へ悠然たる歩みで寄っていく、真っ赤に燃え熾《さか》るような人馬の姿に、誰もが釘付けとなっていた。

いずれも朱塗りの角栄螺の兜と鳩胸の胴を着け、腰には将軍足利義輝より拝領の大太刀志津三郎を佩《は》いた平助と、艶やかな緋色毛の巨大な雌馬《めうま》丹楓である。普段は山路ですら平助が丹楓を背負うが、これは陣借りのための入城なので、平助が馬上であった。

朱塗りの鞍に取り付けてある柄立《えたて》にさした朱柄《あかえ》の傘が開かれ、平助と丹楓を日差しから守っている。

平助の前を往く民部と外記など、人馬ともに貧相で、後ろを固める足軽たちを含め、全員が平助の家来にしか見えない。

城主館に到着した平助は、しかし、庭先へ回された。

無位無官の牢人なので、こういう扱いをされても、平助はべつだん腹を立てたりしない、というより気に留《と》めもしない。

平助が庭先に折り敷くと、大勢の兵に取り囲まれた。小浜の浜辺でみせつけられた平助の力を恐れた民部と外記が、呼び集めたものであろう。

待つほどもなく、廊下を伝って、小具足《こぐそく》姿の男がふたり、やってきた。

前が粟屋越中守であろう。が、平助は後ろの男のほうに興味を持った。右頬の胼胝《たこ》が目立つ。

（鉄炮《てっぽう》の上手《じょうず》だな……）

日本の鉄炮の銃床は、短いので、肩まで届かない。そのため、射撃時は、床尾《しょうび》を肩でなく頬に付ける。右頬に胼胝が目立つのは、よほど訓練しているからである。

越中守が、平助の正面に立って、見下ろし、長いあごひげを撫でた。

「魔羅賀平助、高き武名が偽りでないことを証《あか》してみせよ」

家臣の民部らと同じく、居丈高である。

「畏まって候《そうろう》」

平助がその返辞を言い終わらぬうちに、越中守は踵《きびす》を返してしまう。

陣借り者ごときに貴重な時を費《つい》やす暇はないとでも言わんばかりだが、おのれを大物にみせたいという虚勢であることは、易々《やすやす》と見抜けた。

越中守の背が見えなくなってから、平助は立ち上がった。

すると、右頬に胼胝の男が、なぜか去らずに残っていて、縁から階段を下り、平助のすぐ前に立ったではないか。

「陣借り平助に妻女がいたとはな」

男が嗤笑《ししょう》とみえる笑みを浮かべた。そこには微かに憎しみが見え隠れした。

「どこかでお会いしたか」

平助が訊き返すと、

「会うのは初めてよ」

というこたえが返ってきた。

「なれど、それがしをご存じのようだ」

「天下に魔羅賀平助を知らぬ武士などおるまい」

「それは、それがしへのお買い被《かぶ》りと申すもの」

「おれは、今村藤五郎《いまむらとうごろう》。と申したところで、知るまいがな。おぬしと違《ちご》うて、名もなき男ゆえな」

言いかたにいちいち険《けん》がある。

「陣借り平助のいくさぶり、とくと見物させてもらう」

そうして、今村藤五郎も立ち去った。

「されば、民部どの、外記どの。わが妻のもとへ案内していただこう」

と平助はふたりを振り返る。

「幾度も申したとおり、会わせるのは一度きり。あとは、そのほうが身命を抛《なげう》って働き、こたびのいくさが終わるまで、決して会わせぬ」

「おかしな真似をいたすなよ。そのほうが女房を連れて逃げようとすれば、われらはためらいなく女房のほうを殺すからな」

城へ戻ったせいか、民部も外記も強気であった。

「分かっており申す。それがし、恋女房を失いとうはござらぬ」

ぬけぬけとそう言う平助に、民部が嫉視《しっし》を向けた。

三

ひろは山上の二ノ丸にいるという。

平助は、丹楓を曳いて、山路を登った。

徒歩で登るのに、なぜわざわざ馬など曳いていくのかと問われて、

「わが愛馬は高いところから景色を眺めるのが好きなのでござる」

とこたえた。

やがて、二ノ丸に達し、二重の物見櫓《やぐら》の前へ連れていかれた。上層が望楼式になっている。

「太刀と鎧兜を預けよ」

外記に命じられ、平助は、内心、苦笑しながら、それでも素直にすべてを差し出

す。

周囲を五十人余りの兵で固め、弓矢・鉄炮まで用意しているのに、それでも外記と民部は平助が恐ろしいらしい。

背を押され、平助は物見櫓の下層へ入った。

平時は武具が収納されているのであろうが、朝倉勢との戦いが迫ったいま、武具はことごとく持ち出されたようで、がらんとしている。

薄暗い中でも、平助の目は、片隅に手足を縛《ばく》され転がされている女人を捉えたが、光の中でしかと見たい。

「窓を開けさせてもらう」

外記らにことわってから、平助はみずから窓を開け、外の光を入れた。

女が、眩しそうに、おもてをそむける。

歩み寄った平助は、女を抱き起こし、

「おひろ」

と呼びかけた。

たしかに美しい。民部らが獣欲を起こしたのも無理からぬ。

だが、平助のまったく知らぬ女である。

「平助さま」

女はなんらの戸惑いもみせぬようすで応じたではないか。つまり、ひろのほうは平助のことを知っている。

ひろを縛している縄に手をかけた平助は、

「ならぬぞ。縄を解くことはならぬ」

走り寄ってきた民部らに刃を突きつけられても、どこ吹く風で、

「解かねば、抱けぬ」

当然のことのように言って、解き始めた。

「なに……そのほう、いまここで女房を抱くと申すのか」

外記が目を剥いた。

「久々に再会いたせば、まずは肌を貪《むさぼ》り合うのが夫婦《めおと》と申すもの」

「む、貪る……」

「さよう、貪るのでござる」

たちまち縄を解き終えた平助は、そのまま手を休めず、ひろの帯と着物も剥いでしまう。

ひろは抵抗しなかった。

民部も外記も兵らも、生唾《なまつば》を呑み込んだ。ひろの裸身は、瑞々しさと妖しさの同居する悪魔的な魅力に溢れている。

しかし、その数瞬後には一転、かれらは、毒気を抜かれて、あとずさりを始めていた。みずから手早く具足も下着も脱ぎ去った平助の、さながら仁王像のごとき肉体に、圧倒されたのである。別して平助の分身は、この世のほとんどの男に、羨望と絶望の眼差しを同時に向けさせるに充分なものであった。

「方々《かたがた》、夫婦の営みをご覧になるか」

平助がまるで屈託《くったく》なさそうな笑顔を向ける。

「あ……あほうを申すな」

ふるえ声で外記が言い、

「皆、外へ出よ。おぬしもだ、民部」

兵らに命じ、民部の肩を摑んで引っ張った。

「よいか、魔羅賀平助。夫婦で逃げようなどと思うでないぞ」

「お疑いなら、持ってゆかれるがよい」

と平助は、自分とひろの脱いだものを、両手で指し示す。全裸では逃げられない、という意味であった。

「無用だ。なれど、早々に済ませよ。分かったな」

「早々に済ませられるとお思いか」

腰を突き出してみせる平助であった。

外記らは皆、出ていき、外から戸が閉《た》てられた。

しかし、かれらが聞き耳を立て始めたのは明らかである。どこか隙間《すきま》から覗《のぞ》く者もいるであろう。

平助は、ひろを抱き寄せ、腰に女の両脚を回させてから、その場に胡坐《あぐら》を組んだ。

だが、立てた分身はおのれの腹へくっつけ、ひろの秘所には触れぬようにした。

「それがしに帯を解かれ着物を剝がれたとき、なにゆえ抗われなかった」

ひろの背中や下肢《かし》に手を這わせながら、その耳許に唇を寄せて、低声で訊いた。

「わたくしとふたりきりになって、仔細《しさい》をお聞きになりたい。さように察しましたゆえ」

ひろも、平助の太い頸《くび》に両腕を回し、耳へほとんど唇をくっつけるようにして囁《ささや》いた。

平助はうなずき返す。

「その前に、かようにご迷惑をかけたことを、お詫び申し上げます」

「これでは、詫びねばならぬのはそれがしのほう。赦されよ」

すると、ひろがくすりと笑った。

「於菟さまに聞いたとおりのお人にあられまするな」

「おとさま……」

「竹中家の於菟さまにございます」

思わず手の動きをとめてしまった平助だが、

「お手をとめずに」

とひろに促される。

この春、平助は、美濃随一の偉才というべき竹中半兵衛のもとに居候《いそうろう》し、その妹の於菟と一度だけ契《ちぎ》った。同じ日の夜、於菟は、従兄弟の竹中源助と祝言を挙げた。これは、半兵衛の母で女傑とよぶべき月真尼の策略によるものだが、まんまと嵌《は》められた平助はむしろ感服した。

「わたくしは、美濃土岐《とき》郡の妻木《つまき》勘解由左衛門範熙《かげゆざえもんのりひろ》のむすめにて、熙子《ひろこ》と申します。於菟さまとは、幼きころ稲葉山《いなばやま》のご城下で出会《でお》うて以来、書状《ふみ》を交わし合《お》うたり、稀に互いの屋敷へ泊まりにまいるなど、仲の良い友達にございます」

「さようにござったか」

「於菟さまは竹中源助どのとめでたく結ばれましたが、わたくしの許婚《いいなずけ》の家は、斎藤道三さまと子の義龍さまが争われたとき、敗れた道三さまに従《したご》うたので、居城を捨てねばならず、許婚も美濃を出奔《しゅっぽん》いたしました。なれど、出奔にさいし、許婚はわたくしに約束してくれました。他国で仕官が叶ったら、必ずわたくしを招《よ》び寄せて祝言を挙げる、と。そして、去年の暮れ、許婚はとうに越前朝倉氏に仕えて、一乗谷《いちじょうだに》城下の屋敷に暮らしている、と風の噂で知りました。にもかかわらず、許婚からわたくしへの音信は一切ござりませぬ。人妻となられた於菟さまより、仕合わせそうな書状を頂戴するにつけ、わたくしは矢も楯《たて》もたまらなくなり、越前へ往くことを思いきめたのでございます」

そこでひと呼吸置いた熙子から、

「乳《ちち》をお吸いになって」

と言われて、平助は戸惑った。許婚に会いにいく途中であるという女の乳を、吸ってよいものかどうか。

「おいやにございますか」

「正直に申せば、吸いたい」

「では、ご存分に」

「かたじけない」

妙な具合だが、乗りかかった船から下りることもできかねる平助であった。

「美濃を出立したわたくしは……」

熙子の語りはつづく。

北国脇往還から北国街道へとつないで、越前へ入ろうとした熙子は、その途次、許婚がいま敦賀の天筒山城にいると聞いた。国吉城攻めの先鋒をつとめる天筒山城主の朝倉太郎左衛門《たろうざえもん》に与力《よりき》するよう、越前守護朝倉義景《よしかげ》に命ぜられたらしい。

熙子が、民部や外記らに襲われ、拉致されたのは、その天筒山城の近くであった。従者らと引き剝がされ、手籠めにされかけたとき、とっさに魔羅賀平助の妻であると嘘をついたのは、平助は天下の諸侯が挙《こぞ》って召し抱えたいと望む最強の武人で、仲の良い於菟が長く憧《あこが》れつづけた男であるとも知っていたからである。竹中半兵衛の稲葉山城乗っ取りも平助の手助けがあったればこそ、と聞いていた。

その機転が奏功し、熙子は手籠めを免れ、ひとまず粟屋越中守の国吉城へ連行されたという次第であった。

「それがしが小浜にいることを、なにゆえご存じであったのか」

なんとしても解けなかった疑問を、平助は口にした。

「心当てにございます」

当てずっぽうだと熙子は言う。

「若狭小浜の刀鍛冶の冬広というお人のことを、於菟どのより伺《うかご》うておりました」

平助は、琵琶湖畔で於菟を抱いたとき、訊かれたことに何でもこたえた。

（そうか……）

武張ったことを好む於菟は、平助が将軍家より拝領の愛刀の手入れをどうしているのか知りたがった。むろん自身で手入れするが、たまに懇意の刀匠である冬広に検《あらた》めてもらうとこたえたことを、いま平助は思い出したのである。

それを熙子が於菟から聞いていたからといって、たしかに当てずっぽうには違いない。熙子が捕らえられたとき、折りよく平助が冬広のもとにいるなど、ほとんどありえないからである。

「敦賀と小浜はさして遠くないゆえ、とっさに思い出して、口にされたのだな」

「わたくしは運が良うございました。平助さまが小浜にいらしたのですもの」

「小浜にいたからと申して、そなたのもとへはまいらぬとは思われなんだのか。妻を持たぬそれがしには、なんの関わりもなきことにござるぞ」

「いいえ」

喘ぎ声まじりに、熙子はかぶりを振った。

この仕種は、覗き見している者には、熙子の喜悦と映るであろう。

「陣借り平助は、女人に陣借りを請《こ》われて、無下《むげ》に袖にするような薄情な男ではないと聞いておりました」

「於菟どのはさようなことまで……」

「於菟さまではありませぬ。月真尼さまが仰せになられたことにございます」

「ははあ……」

あの尼どのなら言いそうなことだ、と平助は納得した。

「なれど、もしそれがしが小浜におらず、嘘が露見いたしたときは、どうなさるおつもりであった」

「そのときは、粟屋越中守にまことのことを明かすつもりでおりました」

「許婚が朝倉方にいると」

「はい」

「それでは、なおさら命はなかったはず」

「許婚は朝倉でいささか名を挙げています。わたくしを取り戻せるのなら、許婚は粟屋方に寝返るはずと越中守を唆《そそのか》します。それでまた時を稼《かせ》ぐことができましょう」

「なるほど……」

ちょっと感心する平助であった。この熙子という女人は無鉄炮さと強《したた》かさを兼ね備えている。

(恋しい許婚のことのみをひたすら想うお熙どのに、怖いものなどないようだ。ただひとつを除いては……)

男の心変わり。

決して口には出さねど、熙子がそれを怖れていることが、平助には分かる。艱難辛《かんなんしん》苦《く》の果てに、怖れていたその現実を突きつけられるとしたら、悲嘆はいかばかりか。最後まで見届けてやらねばならない、と平助は思いきめた。熙子への陣借りである。

「わたくしをここより連れ出して下さいますか」

あらためて、熙子が訊いた。さすがに、微かに不安そうである。

平助は、熙子の乳房に埋めていた顔を上げた。

「ここで否とかぶりを振っては、美濃でよくしていただいた於莵どのと月真尼どのを、嘘つきにすることになり申そう」

「ありがとう存じます」

「さて、この場の最後をいかにするか。いまは、それが大事」

戸外から覗き見し、聞き耳を立てている民部らをうまく欺《あざむ》くためには、夫婦の営みを全《まっと》うしなければならぬ。しかし、許婚ある身の女の躰を貫くわけにはいかない。

「どうぞ」

と熙子が言った。

平助が訝ったのは一瞬のことにすぎぬ。すぐに女の意を察して、おどろいた。

「なるまいぞ、お熙どの」

「許婚ある身へのご遠慮にあられますな」

「いささかの節度は持ち合わせており申す」

「許婚ある身の女を、淡《あわ》つ海《うみ》の畔にてお抱きあそばしたお人のおことばとも思えませぬ」

淡つ海とは、琵琶湖をさす。於菟との一度限りの情交のことを、熙子に指摘されたのである。

「あのとき、それがしは於菟どのに許婚がいることを知り申さず」

それを聞いて、熙子が艶然と微笑む。

「於菟さまはご存じにございました」

「ううむ……」

　熙子の言うとおりである。於菟は、月真尼に言い含められてもいなかったはずなのに、許婚ある身をみずから望んで平助に貫かせた。

　それにしても、女同士というのは、そこまであけすけに語り合うものなのか。怖いことである。

「妻の悦びと女の悦びは別物。祝言を挙げる前なら、許婚への裏切りにはあたりませぬ」

「於菟どのがさような……」

　言いかけて、平助は気づいた。於菟がそんなことを言うはずはない。れいによって、月真尼であろう。

「尼どのの仰せにござるな」

　ところが、こんどは熙子は、少し憐れむような目を平助に向けたではないか。男というのは本当に女を知らない、と言いたげであった。

　妻の悦びと女の悦びは別物、というのは於菟が熙子へ語ったことなのだ。なぜか自分でも分からないが、平助はたじろいだ。

　ここから先の平助は、熙子の言いなりであった。

熙子が悦楽を思うさま味わう表情を眺めながら、平助は考え直した。

（許婚が心変わりしていても、お熙どのなら大事あるまい……）

夫婦の房事を終えた平助は、熙子に着物をつけさせ、みずからも身繕《みづくろ》いを済ませると、

「おれが朝倉との合戦で手柄を立てれば、そなたの身は返してもらえる。それまで、いましばらく辛抱《しんぼう》いたせ」

そう言い置いて、物見櫓の外へ出た。

民部も外記も兵たちも、ようすがおかしい。覗き見をし、聞き耳を立てていたのは明らかである。

「妻の身柄を麓へ移してもらいたい」

平助は外記に頼んだ。

「ならぬわ。麓に下ろした途端に、逃がす算段をされてはたまらぬ。山上は逃げ場がないでな」

「では、せめて縛《いまし》めを解いていただけぬか。物見櫓は、上層に兵はおるし、あとは出入口さえ固められてしまえば、女の身では逃げる術《すべ》などない」

「そのほうの女房だ。手足を動かせれば、何をしでかすか知れたものではない」

憎々《にくにく》しげに言ったのは民部である。

その民部がみずから櫓内へ入り、熙子にふたたび縄をかけはじめた。開け放たれた戸口から見えるその手の動きがいやらしい。熙子の袖や裾《すそ》の下まで這わせている。熙子の裸身を覗き見た民部はもはや幾日も我慢できないであろう、と平助は思った。

熙子の肌に触れた両手を、民部がおのれの口や頬にあてながら、櫓から出てきた。

その瞬間、平助は拳の一撃を見舞った。

「な、なにをいたす」

外記が、おどろき、あわてて数歩さがってから、抜刀した。

兵たちも一斉に弓矢、鉄炮、鎗をかまえる。

「魔羅賀平助が陣借りを承知いたしたからには、この先、妻に指一本でも触れる者あらば、誰であろうと……さように小浜で申し上げたはず」

「民部は縄をかけただけではないか」

「袖や裾の下へ手を入れねば縄はかけられぬとでも」

「分かったわ。そのほうの妻には二度と触らぬ。民部にもそうさせる。なれど、そのほうも二度とわれらに手を出すでない」

「承知」

外記は民部より少しは頭が回る、と平助はみている。まずは魔羅賀平助をいくさで働かせねばならぬと思っているのだ。

「民部どのを下まで運んでしんぜる」

平助は、気絶させた民部の躰を軽々と担ぎ上げ、くの字に折って、丹楓の背へのせてから、みずからも馬上の人となって、民部の背中を上から押さえた。

「山路で落馬させては申し訳ないことにござるゆえ」

べつに外記も不審がらない。むしろ、気を失った大の男を担いで山路を下りるのは、兵たちもいやがるだろうから、平助に馬で運んでもらったほうがよいのである。

四

この日、朝倉勢が若越国境の関峠《せき》を越えて佐田村《さた》を侵し、次いで、佐柿の北東一里ばかりの太田《おおた》村の芳春寺《ほうしゅんじ》に本陣を構えている。

去年の朝倉勢は、粟屋勢を侮《あなど》り、国吉城などひと揉《も》みに落とせるとばかりに、一挙の進軍をし、関峠で待ち伏せをうけて、一時、潰乱《かいらん》状態に陥った。そのせいか、今回の動きは慎重であった。

「魔羅賀平助。苦しゅうない、そのほうの思うところを陳《の》べてみよ」

夕刻の軍議の場で、平助は、朝倉勢の今後の出方について、意見を求められた。

皆は広間の板敷《いたじき》に座を得ているが、平助のみ庭先に折り敷かされている。

「去年は、朝倉勢がこの国吉城の東側より城壁にとりつこうとしたところ、皆さまがこれを引きつけ、木石を投げ落として一蹴《いっしゅう》されたと伺うており申す。朝倉勢はその過ちを繰り返したくないはず。こたびは、おそらく南側の尾根筋より、もしくは北側の椿《つばき》峠のほうから攻めてまいるのではないかと愚考仕《つかまつ》る」

「申したとおりの攻城であるとして、おぬしならいかにして禦《ふせ》ぐ」

訊いたのは、今村藤五郎である。

「南北ともに、弓矢の上手を十五名も配せば、充分にござろう」

「なにゆえ、そのていどでよいのか」

「南も北も稜線は馬の背ゆえ、敵がいちどに城まで辿《たど》り着ける人数は数名。城内より充分に狙いをつけて射殺《いころ》せると存ずる」

「おぬし、この城を初めて訪れたのであろう」

「さようにござる」

「さすが、陣借り平助よな。わずかな時の間《ま》に、そこまで城を知り、あまつさえ敵の攻城策と味方の防禦策まで思いめぐらせたとは」

「私見にすぎ申さぬ」

平助に自慢も謙遜もない。ただおのれが思ったことを陳べている。

「あの者の申したとおり、それで城攻めを退《しりぞ》けることができたとして、朝倉勢は国へ帰ろうか」

誰かが不安そうに言うと、

「どう思う、魔羅賀平助」

ふたたび藤五郎が意見を求めた。

「こたびの朝倉勢は、腰を据《す》えて国吉攻めをいたすつもりにござろう」

「腰を据えるとは」

「本陣とした芳春寺の裏の中山《なかやま》に付城《つけじろ》を築くのではないかと存ずる」

付城とは、敵城を攻めるさい、それと相対《あいたい》して築く城のことである。向城《むかいじろ》ともいう。

「厄介な……」

粟屋越中守が舌打ちを洩らした。これはもう平助の推測に同意した証拠である。

「付城を築かせてはなりませぬな」

末席に民部と並んで列《つら》なる外記が言った。

民部のほうは、左の頬からあごを腫《は》らした醜い顔で、ずっと庭先の平助を睨みつづけている。

「築城中は警固が厳重と思わねばならぬ。阻《はば》むのは難しい。そうであろう、魔羅賀平助」

藤五郎がなおも平助を促す。

「そのとおりにござる」

「では、どうすればよい」

「築城が成れば、逆に油断を生じさせ申そう。その頃合いをみて、夜襲をかける。万《まん》願《がん》寺《じ》山から尾根伝いに攻めれば、気《け》取《ど》られ難いと存ずる」

芳春寺裏の中山の南西に連なるのが万願寺山である。

平助の意見のいちいちが、列座の衆を納得させた。

ふいに、広間最奥の主座の越中守が、立ち上がり、平助の姿を間近《まぢか》で見下ろせるところまで出てきた。

「魔羅賀平助はいずこの大名にも決して仕官を望まぬと聞いたが、その意が知れたぞ。同僚となった者らに嫉妬されることが目に見えているからであろう」

越中守は間違っている。が、平助はべつに正す気もないので、何もこたえなかった。

「同僚だけではない。そのほうの才幹には、あるじとなった者もやがては嫉妬するに相違ないわ」

これには、意外の感を抱く平助であった。存外《ぞんがい》、越中守はおのれを知っているのやもしれぬ。なぜなら、平助にだけではなく、自身にも腹を立てているようにみえるからである。

「魔羅賀平助、そのほうの策を容れてやる。が、陣借り者は、軍配者《ぐんばいしゃ》ではない。先兵《せんぺい》をつとめよ」

「承《うけたまわ》ってござる」

平助は神妙に頭を下げてみせた。

五

臭《くさ》い。

熙子は、においで目覚めた。

目の前に醜い顔がある。その口から吐かれる息は悪臭であった。

熙子は、手足を縛られている躰を縮こまらせた。

「まことにかまわぬので……」

醜貌の民部が、後ろに立つ今村藤五郎へ不安そうに言う。

物見櫓内の土間には篝籠《かがりかご》が置かれ、中を明るく照らしている。開け放たれた戸口より流れ込む風が、篝火を揺らす。

戸口の向こうには、大勢の兵たちの姿が見える。かれらは、民部が一番に事を済ませたあと、代わる代わる熙子を犯す獣どもである。

「かまわぬ。たしかに魔羅賀平助の妻と分かったからには、いたぶらずにはおられぬわ」

藤五郎の熙子へ向ける視線は憎しみに充《み》ちている。

「殿には何と申し開きなさるおつもりか」

「申し開きなどせぬ。魔羅賀平助は愚かにも、軍議でみずからよき策を明かしおったのだ。もはや、あやつの力を借りずとも、朝倉勢を打ち破ることができると申すもの」

「では、平助に知れたときは……」

「知れたとき、ではない。おれが平助に知らせるのだ。われらがあやつの女房をどれほど酷い目に遇わせて愉しんだか。その上で、陣借り平助を殺す」

「あの魔羅賀平助を殺せるのでござるか」

「さまであやつが恐ろしいか。それなら、おぬしはやめてもよいのだぞ。その女の肌を汚したい男が、列をなしているのだ」

戸口のほうへ、藤五郎のあごが振られる。

「や、やめぬ。やめるはずがござらぬ」

あわてて、民部は、熙子の前衿《えり》を摑んで、左右に思い切り広げようとした。が、帯と縄に邪魔されて、ほとんど広げられない。

「あほうが、縄を切れ」

藤五郎に嗤われた民部は、腰の小刀を抜き、刃を縄にあてた。

「わが良人《おっと》に恨みがございますのか」

熙子が、身をよじりながら、藤五郎に怒りをぶつける。

「兄の仇《かたき》だ」

と藤五郎は明かした。

「武士ならば、いくさで討つ討たれるは当たり前のこと。逆恨みはおやめなされませ」

「黙れ、この浮女《うかれめ》が」

大股に歩み寄った藤五郎が、民部を突《つ》き除《の》けて、熙子の頬を張った。身持ちの悪い女、淫らな女を浮女という。売笑婦をさすことばでもある。

唇を切った熙子を見下ろす藤五郎は、眼に狂気の色を宿している。

六年前、京都白川口において、将軍足利義輝を擁する細川晴元《ほそかわはるもと》と、三好長慶《みよしながよし》の軍勢とが戦った。今村藤五郎の兄の右馬允《うまのじょう》は、三好勢の主将で大和《やまと》一国を領する松永久秀《まつながひさ》《ひで》の直臣であったが、この戦いで義輝の警固人をつとめていた魔羅賀平助の斬り込みにうろたえ、主君久秀にはひと太刀浴びせられ、おのれは真っ向から斬り下げられて絶命したのである。

藤五郎にとっては嫂《あによめ》にあたる右馬允の妻は、良人の不始末を詫びたい、と久秀を看護する女房衆の中に加わって、つとめた。ところが、その間に、久秀のお手つきとなった。そのことに悪びれもせず、むしろ悦びを感じているようすの嫂を、藤五郎は憎んだ。嫂は憧れの女人でもあったからである。藤五郎は、嫂を殺して大和を出奔し、諸国を転々とした挙げ句、久秀の弟である丹波《たんば》の松永長頼《ながより》に拾われた。長頼は久秀よりも早くから三好長慶に信頼されていて、梟雄《きょうゆう》とよばれる兄と違い、情に厚いところがあった。三年前、粟屋越中守らが若狭守護武田氏に謀叛したさい、その支援をした長頼のつてで、藤五郎は越中守に客将として迎えられたのである。

殺した嫂の名が、比呂《ひろ》であった。

むろん藤五郎は、熙子に、右の事情までは語らぬ。

這い寄ってきた民部が、ふたたび縄に刃をあて、ようやく熙子から斬り放した。

「くそ、まだ帯が……」

民部は、小刀を、刃を手前にして熙子の小袖と帯の間に無理やり差し込んでゆく。

にわかに、兵たちの悲鳴が噴き上がった。

すわ敵襲か、と藤五郎も民部も戸口へ視線を振ると、そこから巨大な馬が走り込んできたではないか。

「あやつの馬……」

眼を剝いた藤五郎は、間違いなく意思をもって迫ってきた丹楓の後ろ肢《あし》に、鎧の胸を蹴られて、吹っ飛んだ。

戸沢民部は不運であった。おのれの頭を蹴られて聞いた異様な音が、この世の最後の記憶となった。

その間に、上層の物見兵らを昏倒せしめた平助が、階段をひと飛びに、下層へ降りてきた。甲冑《かっちゅう》姿である。

「しかと手綱を掴んで、伏せていられよ」

熙子を丹楓の背へ放り上げるようにして乗せた平助は、

「はい」

その力強い返辞を聞いてから、愛馬の尻をぽんと叩いた。

あまりの異変に、いちどは腰を引いたものの、ようやく戸口より雪崩《なだれ》込もうとしていた兵たちだが、ふたたび巨馬が向かってきたので、恐れて、わあっと戸外の左右へ身を避けてしまう。

熙子を乗せた丹楓は、物見櫓から走り出た。

空が仄《ほの》かに明るみを帯びている。まもなく夜の帳《とばり》は上がるであろう。

つづいて、角栄螺の兜に鳩胸の胴、志津三郎を背負い太刀に、左肩には朱柄の傘鎗をひっ担いだ平助が躍り出た。

平助は、兵たちの間をいったん駈け抜けるや、くるりと向き直り、背負い太刀の柄《つか》を右手に掴んで、そのまま天へ突き上げるように伸ばした。

手を離れて高く宙へ舞った刃渡り四尺の大太刀が、切《き》っ先《さき》を逆しまに平助の頭上へ落ちてくる。それに鼻先を掠め過ぎさせてから、平助は右手に柄を捉え、くるりと回転させて顔の前に立てた。

その独特の抜刀術に、兵たちはあっけにとられた。

無造作に斬り込んだ平助は、鉄炮手と弓手に狙いを定め、かれらの肘《ひじ》の腱《けん》へ志津三郎の切っ先を送りつけてから、背を向け、遁走《とんそう》にかかる。

このとき、物見櫓内から、藤五郎がよろめき出てきた。顔を顰《しか》めているのは、鎧の上からとはいえ、丹楓のひと蹴りに胸の骨を折られたからである。

「寄越《よこ》せ」

藤五郎は、腱を切られた鉄炮手たちのひとりから鉄炮を一挺《ちょう》、奪い取り、火縄の火を吹き起こした。弾込《たまご》めはされている。

「魔羅賀平助、汝《うぬ》を殺す」

藤五郎のそのわめき声に、平助は足をとめ、振り返るや、またしても敵のもとへ駈け戻りはじめた。左肩に担いでいた傘鑓を開いて前へ突き出しながら。

藤五郎が、火縄を火鋏《ひばさみ》で挟み、立《た》ち放《はな》しの構えを取って、平助に狙いをつける。

疾走する平助の傘鑓の笠は、風をうけて、旋転《せんてん》を始めた。

「ばかめが、鉄炮に太刀と傘で向かってくるとは」

藤五郎が嘲る。

笠が柄《え》から離れて舞い上がった。柄の先に現れた鎗の穂が、薄明を吸って微かに発光する。

みるみる接近する平助。鉄炮の上手である藤五郎からすれば、もはや外しようもない距離であった。

藤五郎は引鉄《ひきがね》にかけた右の人差指を絞ろうとした。刹那、上から落ちてきた笠に、銃身を叩かれた。

夜明けの国吉城に銃声が轟いた。

平助の右手に引っ提げられた大太刀の刀身から、金属音とともに火花が散った。

怯むことなく、一直線に走りとおした平助は、その勢いのまま、鎗を藤五郎の喉首へ突き入れた。

まるでこれが合図であったかのように、銃声が連続して聞こえてきた。南側の尾根筋からだ。

「敵だ」

「朝倉勢がきたぞ」

城兵の声があがる。

物見櫓の前の兵たちも、平助と闘うどころではなくなった。というより、かれらには平助と斬り結ぶ度胸はない。朝倉勢との戦闘のほうがまだしも楽と思うのか、誰もが持ち場へ向かって駈け出した。

平助も走った。

歩を緩《ゆる》めていた丹楓に追いつくと、平助は、熙子を前に抱くかっこうで、跨がった。

「平助さま。ありがとう存じました」

安堵の声を洩らした熙子だが、平助はかぶりを振って、

「まだ逃げ果《おお》せたわけではござらぬ。この先は、それがしでなく、丹楓の力の見せ所」

愛馬の平頸を撫でた。

昨日、平助が、丹楓をわざわざ山上まで曳いてきて、麓へ戻るさいには、わが身と民部を乗せて下ったのは、このためである。

おとなをふたり乗せて、国吉城の山路という初めて踏む道を下る。それを事前に丹楓に試させたのであった。丹楓のほうも、この策を平助から告げられていなければ、民部のようなくだらぬ男を背に乗せるものではない。

「あとはまかせたぞ」

主人の期待の一言に、丹楓はみずから脚を送って、山路を下り始め、次第に速さを増していった。

六

平助は、丹楓とともに、小浜の湊《みなと》に立っている。

これより、商船に乗って西航し、山陰のどこかの湊で下船するつもりであった。気の向くままである。

「またいつでもお寄り下され」

傍らに立つ刀鍛冶の冬広が名残惜《なごりお》しそうに言った。

「かたじけない」

若狭を去ると思うと、平助の心に鮮やかに蘇《よみがえ》るのは、熙子の姿である。

(許婚と結ばれておればよいが……)

実は平助は、最後まで見届けることができなかった。国吉城を脱したあと、追手をかけられたものの、それでも芳春寺の朝倉勢の本陣まで熙子を送り届けることに成功したのだが、そこでは許婚に会えなかったからである。許婚は若狭遠征には参加せず、敦賀の天筒山城の留守居組だという。国吉城攻めに益《えき》はなく、いたずらに兵を損《そん》するだけと言って、大将の朝倉太郎左衛門の不興《ふきょう》をかったらしい。

現実に、許婚の言ったとおりになった。

国吉城を南北の尾根筋より攻めた朝倉勢は、城中からの精度の高い弓矢の反撃に追い返された。ならば腰を据えようと、芳春寺裏の中山に付城を築いて、国吉城下の村々で稲や大豆や野菜を刈り取り、兵糧《ひょうろう》としたのだが、それで喜んでいたところ、粟屋勢の夜襲によって火をかけられ、付城は落城してしまう。同時に、本陣も粟屋勢の別働隊に襲われ、潰走《かいそう》し、結局、朝倉勢は敦賀へ逃げ帰ったのである。

粟屋勢にすれば、陣借り平助の献策のとおりにして勝利を収めたのだが、もとより朝倉勢の知るところではない。粟屋越中守は去年にもまして名を挙げたといえよう。

ともあれ、平助は、熙子を芳春寺で朝倉氏の奉行人《ぶぎょうにん》に預けて、自身はその足で小浜へ戻ったという次第であった。

「………」

平助は、こちらへゆっくりやってくるひとりの旅装の武士に目をとめた。肩に、ぐったりした人を担いでいる。

目立つほどひたいの突き出たその武士は、平助の前で、肩に担いでいた人を下ろした。

「別所外記」

苦笑まじりに、ちょっとおどろく平助であった。

「知り人《びと》にござろうか」

武士に訊かれた。

「知り人と申せば知り人だが、それがしのことをよくは思っておらぬ男」

「さもありましょうな。こやつ、いま物陰より、お手前を弓矢で狙《ねろ》うておりましたゆえ」

「されば、それがしの命を助けて下されたのでござるな」

「なんの。魔羅賀平助どのならば、こやつのへろへろ矢など易々とお躱《かわ》しになるはず」

武士は微笑んだ。

「それがしのことをご存じなのか」

「申し遅れたが、わたしの名は明智十兵衛光秀《あけちじゅうべえみつひで》」

「では、お熙どのの……」

許婚の名を、熙子から聞かされている平助である。

「妻より聞き申した。魔羅賀どのにはどのような礼をしたところで充分ではないが、まことに、まことにかたじけないことにござった」

十兵衛が深々と腰を折って謝意を陳べた。

妻という一言で、平助は熙子のために喜んだ。

「祝言を挙げられたのでござるな」

「慌ただしいことではござったが、つつがなく」

「ひとつお訊きしてよろしいか、十兵衛どの」

「何なりと」

「仕官が叶い次第、お熙どのを迎えると言われたのに、なにゆえそれをなされなんだ」

「有体《ありてい》に申せば、朝倉は頼むに足る主君ではないからにござる。いずれ見限ることになるゆえ、まだ熙子を迎えることはできぬと……」

「さようにござったか」

「なれど、天筒山城へやってきた熙子の顔を見た途端、決して放してはなるまいと思うたのでござる。なぜそう思うたのか、自分でもよく分かり申さぬが、そのとき見た鶺鴒のせいやもしれぬと存ずる。城の井戸端に、水を求めてやってきた鶺鴒が、ちょうどあのように……」

十兵衛は、目の前の浜にちょこちょこと歩く鶺鴒を指さした。長い尾を盛んに上下に振っている。

「嫁教鳥《とつぎおしえどり》」

と平助が察し、

「さよう」

十兵衛もうなずく。

鶺鴒は尾を振ることでイザナギ、イザナミの両神に〝みとのまぐわい〟を教えたという故事から、嫁教鳥という異名を与えられた。〝みとのまぐわい〟とは、男女の交合を意味する。

平助が、ちょっと顔を赧《あか》めて、指で頭を掻いた。その仕種を眺める十兵衛の目はやさしい。

「魔羅賀どのは熙子の申しておったとおりのお人にござるな。童のようにあどけないところがおありだ」

平助が顔を赧めたのは、熙子との〝みとのまぐわい〟を思い出して、十兵衛に済まない気持ちを湧かせたからであるが、これればかりは口が裂けても言えない。

「わたしは、朝倉の使いで、これより京都へ参る途次《とじ》だが、魔羅賀どのに必ずまたどこかで会いたいものだ」

「それがしも同じ思いにござる」

「では、ひとまず、おさらば」

「おさらば」

明智十兵衛は去ってゆく。

（お熙どのは、好《よ》き漢《おとこ》に嫁いだものだ）

呻《うめ》き声がして、別所外記が正気づいたので、平助は顔を寄せた。ひいっ、と外記の恐怖の悲鳴があがる。

「別所外記という大層な名に恥じぬよう、二度と女子に酷いことをするでない。おぬしがそれをやったと、この魔羅賀平助の耳に入ったときは、必ず民部と同じ目に遇わせてやる。馬に蹴られて死ぬのは、恐ろしいぞ。なあ、丹楓」

平助が目配《めくば》せすると、丹楓は、鼻息を荒くし、後ろ肢を蹴り上げた。外記の頭すれすれのところである。

外記は、なおさらに悲鳴をあげ、急いでかぶりを上下に振った。袴《はかま》を濡らしている。

「去《い》ね」

平助に手を振られ、外記は死に物狂いで逃げていった。

商船の船頭がやってきて、そろそろ船を出すと告げた。

「では、冬広どの、ご息災《そくさい》で」

「平助どのも」

平助と丹楓を乗せた商船が、晩秋の海へ滑り出ると、浜辺で尾を振っていた鶺鴒も飛び立った。

五月雨《さみだれ》の時鳥《ほととぎす》

一

万朶《ばんだ》の桜が、力強い陽射《ひざ》しを浴びて、生命の輝きを放っている。

太陽の照る時間《とき》が長く、一年を通して温暖なこの国では、他国では散りぎわの儚《はかな》さに思い到る桜も、潑剌《はつらつ》として華やかな南洋の花の風情すら感じさせる。

桜花の向こうに、館《やかた》が見える。戸を開け放した広間に居並ぶ武士たちも、多くが陽に灼けた肌、光るような真っ白な歯、濃い眉など、南方の異邦人と見紛《みまが》う風貌である。

「どうしても発《た》つのか」

上座の置き畳に座を占める精悍《せいかん》な顔が、心から残念そうに歪《ゆが》められた。

「陣借りもいたさぬそれがしの長居は、かえって皆さまのご迷惑。土佐《とさ》を発つ頃合いと存ずる」

こたえたのは、魔羅賀平助である。

「迷惑なわけがあるまい。わしが平助を無理に引き止めたのではないか」

この館の背後に盛り上がる丘陵に築かれた岡豊《おこう》城の城主、長宗我部元親《ちょうそかべもとちか》はちょっと怒ったように言った。

平助は、元親の亡父国親《くにちか》が健在であったころ、陣借りをして、勝利をもたらしたことがある。そのとき国親から、わが養子になってもらえぬかと頼まれた。当時の国親は、長子の元親が幼少時に姫若子《ひめわこ》と揶揄《やゆ》されたほど柔弱《にゅうじゃく》で、元服後も図体《ずうたい》は立派になったものの、さしたる手柄を立てたことがないのを心配していたのである。しかし、元親が類稀《たぐいまれ》な将才を秘めると感じ取っていた平助は、案ずるに及ばず、元親どのは必ず天下に名を轟かせる武人になられましょう、と国親に断言して、土佐を去った。

その後、長宗我部氏の永年の宿敵本山《もとやま》氏との長浜《ながはま》合戦とよばれるいくさで、自軍に数倍する敵軍を野戦で打ち破り、一挙に名を挙《あ》げて、家臣団の信頼も得た元親なのである。

今回、平助が土佐にやってきたのは、国親の墓参のためであり、それを済ませてすぐに立ち去るつもりでいた。ところが、なにぶん彫りの深い異相に巨軀の平助と、緋色毛の巨馬丹楓の姿は、否応《いやおう》なく目立つ。報《しら》せをうけて、みずから駈けつけてきた元親より、岡豊城への逗留を懇願され、それから五日間、とどまったのである。

「先に申したとおり、今日《こんにち》のわしがあるのは平助のおかげなのだ。平助にはいつまでもわしのそばに居てほしい」

元親が長浜合戦で敵を撃破できたのは、平助の助言を忘れなかったからであった。

「多勢に無勢では敵わじと申す。別して、野戦においては、この箴言《しんげん》のとおり。であるならば、野戦で多勢と戦わねばならぬときは、無勢も多勢とならねばなり申さぬ。すなわち敵の全軍を対手《あいて》にするのではなく、敵の一隊一隊を数で凌《しの》ぎ、遮二無二《しゃにむに》その一隊一隊の宰領を討ってしまうのでござる。兵というのは、おのれへ命令を下す者が討たれた途端、一挙に恐怖心に負け、腰が引け、ついには逃げ出すもの。そうして幾つかの隊を崩せば、多勢の敵をそこから総崩れに追い込むこともでき申そう」

実は、長浜合戦では、無勢の長宗我部軍は多勢の本山軍に対して野戦を避けることもできたのだが、元親は家臣たちの反対を抑え、あえて挑《いど》んだ。平助の助言を実行してみたかったのと、姫若子と侮っているに違いない本山軍には油断があるとみたからである。

父国親が跡取《あとと》りのこの大手柄を見た直後に急死したこともあり、元親は平助の助言にいまも感謝しつづけているのであった。

「それがしは、牢々《ろうろう》の陣借り者にすぎ申さぬ。今日の弥三郎《やさぶろう》どのがあるのは、弥三郎どののご将才とご家来衆のご忠義の賜物《たまもの》。それ以外にござらぬ」

元親の通称を弥三郎という。今日あるといっても、まだ土佐の四分の一ていどを領する小大名にすぎないのだが、いずれ元親は土佐一国を平《たい》らげ、四国全土を斬り従えることも夢ではあるまい、と平助は思っている。平助の私見では、四国には元親を凌《りょう》駕《が》する才幹《さいかん》の持ち主が見当たらない。

「平助どのに去られては、城の女子《おなご》衆も哀しみましょう。せめて、夏の訪れまでゆるりとしてはどうか」

元親と並んで座す正室の藤《ふじ》が溜め息をついた。藤自身が寂しいという風情である。

正室は、美濃斎藤氏《みのさいとうし》の出身であることから、ここではお藤さまとよばれているのだが、平助と無縁ではなかった。

平助は去年の秋、若狭において、美濃土岐郡の妻木勘解由左衛門のむすめである熙子の命を救っている。熙子は、同じく美濃の出身で、いまは越前の朝倉義景に仕える明智十兵衛光秀の許婚であった。その十兵衛の股肱《ここう》である斎藤利三《としみつ》の妹が、藤なのである。

若狭における熙子と平助の関わりを、藤は熙子からの書状《ふみ》で知っているらしかった。

熙子がどこまで明かしたのか平助には見当もつかないが、岡豊城逗留中、ときおり

藤から妖しげな秋波《しゅうは》を送られ、

(美濃の女子は怖いなア……)

と本気で思ったりしたものだ。

「殿も奥方さまも、このうえ魔羅賀どのをお引き止めなさるのはよろしからず」

列座の家臣たちの最上席の者が、ぴしゃりと言った。家老の久武内蔵助《ひさたけくらのすけ》である。

「内蔵助。そちは、わしが平助を連れてまいった初めからよき顔をしておらぬが、何か平助に含むところでもあるのか」

元親が気色《けしき》ばんだ。

「魔羅賀どのはご先代をいくさで大いに助けられたお人。含むところなど、毛頭《もうとう》ござらぬ。なれど、こたび魔羅賀どのが、殿に陣借りなされぬ理由を、殿もご存じにあられましょう」

「平助は強き者に陣借りせぬ。つまり、この長宗我部元親を強いと認めてくれた証ではないか」

土佐では、長宗我部氏のほか、本山氏、安芸《あき》氏、一条《いちじょう》氏が大きな勢力だが、そのいずれもが元親をひどく恐れており、防備を固めるばかりで、ほとんど打って出ようとしない。元親は余人《よじん》の力を借りずとも遠からず土佐一国を手中にするであろう。それと見極めればこそ、平助は強者元親には陣借りをしない。

「それは、裏を返せば、魔羅賀どのは弱き者にはつくということ。いま殿が追い詰めておられる本山茂辰《しげとき》あたりに、涙ながらに懇望されれば、魔羅賀どのは本山に陣借りなさらずとも限りますまい」

ではござらぬかな、と内蔵助は平助に視線を向ける。

こたえずに、ぽりぽりと総髪の頭を掻く平助に、内蔵助は笑ってしまう。

「正直なお人だ、魔羅賀どのは」

ううむ、と元親も苦笑まじりに唸る。

将軍足利義輝から百万石に値すると激賞され、実際に天下の諸侯が挙《こぞ》って、千石でも万石でも惜しまずに召し抱えたがっているのが魔羅賀平助である。だが、平助自身は名利《みょうり》にまるで関心がなく、なにものにも縛られず、思いのままに生きている。そして、決して強者の味方をしない。そういう男であればこそ、元親も平助を好きなのである。

「されば、平助。わしが阿波《あわ》の三好《みよし》に挑むときは、力をかしてくれような」

大真面目に元親が言ったので、列座の家臣たちの多くはあっけにとられる。

三好氏といえば、阿波一国だけでなく、讃岐《さぬき》一国と伊予《いよ》の一部まで版図《はんと》を広げている四国最大の勢力で、目下《もっか》は畿内《きない》の覇者でもある。長宗我部氏からみれば、途方もない大敵だから、いかに土佐の出来人《できびと》とよばれる元親でも、大風呂敷を広げすぎであろう。

「殿。三好長慶《ながよし》はただならぬ者。阿波攻めをなさるはまだまだ先のことにござる」

さすがに家老の内蔵助は、主君の思いを頭から否定しない。

（そうか、長宗我部の衆は知らないのか……）

内心、ちょっとおどろく平助であった。

実は、三好氏の総帥《そうすい》の長慶は、去年の七月に居城の河内飯盛山《かわちいいもりやま》城で病死したのだが、三好氏がなんとか勢力圏を保っていられるのは、長慶その人の威名によるところが大きいので、重臣たちが協議して、二年間、喪《も》を秘すことにし、世間には病中と公表した。しかし、こうしたことは、永《なが》く秘密にできるものではなく、畿内とその近国では、長慶病死の確報を摑んでいる者が少なくないのである。諸国を経巡る平助の耳にも、しぜんに入ってきた。

（やはり土佐は遠国《おんごく》なのだなあ……）

古来、遠流《おんる》の地であった土佐国は、北東から北西にかけて半円形を描くように山々が屛風《びょうぶ》のように連なるため、二つの隣国である阿波・伊予との陸上交通はきわめて不便で、国全体も山がちで渓谷だらけ、平野部は狭い。南にひらける海も、夏の台風襲来が頻繁で、決して穏やかとはいえず、海上交通も楽な航路はない。そういう地形が、情報を伝わりにくくしており、土佐人が天下の情勢に疎《うと》いのはやむをえないことであった。

「阿波攻めのさいは必ず弥三郎どのの御陣へ馳せつけると約束いたす」

平助は、そう返辞をしただけで、三好長慶の死を明かさない。どのみち、いまの三好氏が峨々《がが》たる四国山地を越えて土佐に攻め入ってくることはあるまいから、元親には他国の情勢にとらわれず、まずは土佐一国平定に専心させたほうがよいと思ったからである。

「されば、名残惜しいことだが……」

いったんは声を湿らせた元親だが、すぐにからっと明るい表情になった。

「わしが平助を浦戸《うらど》まで送ってゆく」

平助は、浦戸湾から、みませ屋という商家の船に便乗させてもらい、堺《さかい》へ行くつもりであった。岡豊から湊《みなと》まで二里ほどである。

「弥三郎どのに送っていただくなど、畏れ多いことにござる。ご家来衆にもお見送りはご無用に願いたい」

「頼みがあるのだ、平助」

「何でござろう」

「湊まで、わしを丹楓に乗せてもらえぬか」

「承《うけたまわ》ってござる」

「よいのか」

元親は眼を輝かせる。

「それがし、お城に留《とど》まらせていただきながら、何の礼もいたしており申さぬゆえ」

「うれしや」

丹楓ほどの馬体も脚力も見事な馬は、土佐どころか、天下のいずこにもいない。手綱をさばいてみたいと望むのは、武士であれば当然である。ただ元親も、丹楓はとてつもないじゃじゃ馬で、そのうえ、主人平助に言い聞かされない限り、余人を決して乗せないことを知っている。無理に乗ろうとすれば、必ず振り落とされ、下手をすると容赦なく馬蹄《ばてい》にかけられ、命を落とす。

二

「天馬じゃあ」

元親の歓喜の声が弾《はじ》ける。

丹楓の走りは、駈けるというより、飛ぶと形容するのが相応《ふさわ》しく、それこそ翼が付いているのではないかと思わせるほどである。

元親の供衆が、いずれも乗馬《じょうめ》を烈しく鞭打《むちう》って急がせても、みるみる引き離されてしまう。

当時のたいていの日本馬は、体高が低いので、安定感はあるものの、たとえば平助のように六尺豊かな長身の者が跨がれば、その爪先が地面を擦ってしまう。また、脚が短くて太いため、耐久性には優《すぐ》れていても、速さに期待はできないのである。

アラブ種と日本種の混血の丹楓は、両方のよいところをたしかに受け継ぐ破格の馬だから、巨《おお》きくて、頑健で、速い。元親の供衆の馬が、競《きそ》い合ったところで対手にならないのはやむをえなかった。

「あれでは、殿おひとりだけ、随分と先に湊へ着いてしまわれるな」

急速に遠ざかる元親と、必死に主君についていこうとする供衆の背を見送りながら、自身の手で馬を曳く吉良親貞《きらちかさだ》が笑った。

「いかにも」

同じく徒歩で馬を曳く久武彦七《ひこしち》も笑う。家老の久武内蔵助の弟である。

両人が馬に乗らないのは、平助がみずからの足で歩いているからであった。

平助は、縄で縛ってひとまとめにした具足の一切合財と、柄《え》の長い傘にしか見えない平助独自の鎗を担いでいる。元親が平助のために用意しようとした駿馬《しゅんめ》も、荷駄《にだ》用の駄馬《だば》も固辞したのである。

戦陣ならばこの限りではないが、たかが二里の道のりを移動するというだけのことに、武家にとって命ともいうべき馬を軽々しく拝借してよいものではない。それが固辞の理由であった。むろん、平助が元親に丹楓を貸したことは、五日間も世話になったことへの礼なので、別儀である。

戦国の武人として、馬をそこまで大切にする平助の考えに感じ入った親貞と彦七が、湊までの往路を共に歩きたいと申し出て、このように三人連れとなった次第であった。両人は、平助の岡豊城逗留中、ともに弓矢・鉄炮・鎗の稽古をつけてもらい、平助をすっかり師と仰いでもいた。

「魔羅賀どの。次はいつ、土佐へおいでいただけようか」

と平助の表情を窺う親貞を、

「つまらぬことをお訊きになるものではござらぬ」

彦七がたしなめた。

「魔羅賀どのは将軍家へもお出入りできる天下の陣借り者。お気の向くままにきまっておりましょう」

「ああ、おれも魔羅賀どのと共に諸国を巡ってみたいものだ」

「吉良家をお嗣《つ》ぎになられたばかりで、なんということを」

土佐七豪族に数えられる吉良氏は、二年前に長宗我部氏に滅ぼされ、その名跡を元親の弟の親貞が嗣いだのである。

「彦七は、ちかごろ、どうも内蔵助に似てきたぞ。口うるさい」

「それは兄弟にございますからな」

そういうふたりのやりとりを、平助は微笑ましく眺めた。土佐の陽射しと同じで、長宗我部の衆は明るい。

元親とその供衆の姿は、とうに視界から消え去っている。

「弥三郎どのをあまり待たせてはなりますまい。足を速めるといたそう」

平助が言うと、否々《いないな》、と親貞が笑って手を振る。

「殿は、湊へ着けば、漁師どもと酒を呑んで待っておられましょう。そういうお人にござる」

「お父上譲りにござるな」

平助が知る元親の亡父国親も、酒豪で、誰とでも賑やかに呑むのが好きであった。

「さよう。もっとも、酒を好まぬ土佐人などおり申さぬが」

それでも、三人ともいささか足送りを速めた。

しかし、城から一里ばかりのところで、平助がにわかに足をとめ、埃《ほこり》っぽい路上に目を落とした。

「いかがなされた、魔羅賀どの」

彦七が訝る。

「ご家来衆の馬の馬沓《うまぐつ》は先へ進んでいるのに丹楓の馬沓の痕《あと》だけがここで切れている」

と平助はみた。

「殿だけがここで道を逸《そ》れたが、供衆はそれと気づかずに追い越してしまった。そういうことにござろうか」

兄に似て思慮深い彦七が心配げに察し、平助はうなずき返す。

「川辺まで下りて、丹楓に水でも呑ませておられるのではないか」

親貞のほうは、さしたることではあるまい、という顔つきである。

平助は、路傍の草の間に落ちているものを見つけ、拾い上げた。折れた矢である。目を凝らすと、ほかにも、そのあたりに数本の矢が落ちている。

「よもや……」

彦七が蒼ざめた。元親が何者かの襲撃をうけたことは疑いない。

矢を見たことで、親貞もようやく事の重大さに気づく。

「丹楓に大きく引き離された供衆がここを通るときには、殿は何者かに連れ去られたあとだったのだな」

「連れ去られたとは限り申さぬ」

と平助が、かぶりを振る。

「敵が矢を浴びせてきたのなら、丹楓はとっさに的になりにくい場所を選んで逃げ込んだはず」

「魔羅賀どのは馬がそのように考えると言わるるのか」

「つむりのよい女なのでござる、丹楓は。そして、背にのせた者は、おのれの命に代えて必ず守りとおす」

平助は、そう言ってから、

「しばし、お静かに」

と耳を澄ませた。

丹楓を人間同然に扱う平助の言いかたは、真摯《しんし》そのものである。彦七も親貞も信じた。

平助の耳に、小さく聞こえた。愛馬の嘶《いなな》きが。

右方にひろがる田畑の向こうの山間《やまあい》からである。

平助は、武具を担いだまま、近くの畦道《あぜみち》へ走り入った。田畑の先の林までつづく馬沓の痕を発見したのである。

狭い畦道を、踏み外すことなく速く駈け抜けられる馬など、ざらにいるものではない。痕の大きさといい、丹楓以外にありえなかった。

彦七も親貞も、馬をそこに置き去りにして、平助につづく。かれらも、畦道に馬を走らせる難しさを知っている。踏み外して、馬に怪我させたり、領民の田畑を荒したりしてはならないのである。

平助が林の中へ飛び込むと、鋼《はがね》の打ち合う音と水音が聞こえてきた。

「林の中には池がござる。左へ往《ゆ》かれい」

後ろから彦七に声を投げられ、平助は左へ転じ、樹間を稲妻のように縫《ぬ》ってゆく。

「な……なんという速さか」

疾風となって遠ざかる平助の脚力に、彦七も親貞も舌を巻いた。驚異の駿足である丹楓よりも速いのではないか、とさえ思われた。

池辺で多勢に包囲され、突き上げられる数多《あまた》の矛先《ほこさき》を、馬上から太刀で払う元親の姿が見えた。丹楓も元親の動きに合わせて、みずから巧みに方向を変えたり、馬沓で敵を踏みつけにしたりしている。

敵の数は、元親と丹楓に仆《たお》された者らを除いて、三十人余りと数えられた。いずれも笈摺《おいずり》の下に白衣《びゃくえ》、白い手甲脚絆《てっこうきゃはん》、手には一方の端に鋭利な刃をつけた金剛杖《こんごうづえ》を持つ。あたりには、檜笠《ひがさ》や納札《のうさつ》袋が散乱している。弘法大師《こうぼうだいし》ゆかりの霊場を巡る遍路《へんろ》を装《よそお》った、元親への刺客団とみて間違いないであろう。

平助が争闘の場へ躍り込み、幾人かを体当たりで吹っ飛ばして、丹楓の前に立った。

敵は皆、その強さと雄偉《ゆうい》な体軀に、愕《ぎょ》っとする。

「大事ござらぬか」

敵勢を眺め渡しながら、平助が背後の元親へ声をかける。

「おお、平助。わしは掠《かす》り傷ひとつ負うておらぬぞ。丹楓の働きのおかげよ」

さしもの土佐の風雲児も、声に喜びと安堵を入り交じらせたが、落ちついている。

「平助だと……」

敵の宰領らしき者が、おどろいたように眼《まなこ》を剝く。他の者らも、うろたえた表情をみせる。

(おれの名を知っているのだな)

そう思った平助は、担いでいる武具を下ろし、右手に持った傘鎗の石突きで、とんと地面をついてから、あえて名乗った。

「天下の陣借り者、魔羅賀平助である」

武名を恐れて、敵が逃げてくれれば、殺生をせずに済む。

ところが、右から金剛杖の穂先が繰り出され、わずかに後《おく》れて、左からもそれが迫った。

平助は、右からの金剛杖を傘鎗の柄で払い上げるや、それを頭上でくるりと回転させながら身をひねり、左方からきた者のひたいへ石突きの一撃を見舞った。

「腕におぼえの者らということだな」

ならば、容赦はしない。

平助は、傘鎗を前へ突き出し、笠の部分をぱっと開いて、回転させ始めた。

何が起こるのかと敵勢は警戒し、わずかにあとずさる。

笠が、竹とんぼさながらに、上空へ高く舞い上がった。瞬間、それまで笠の下に隠されていた鎗の穂先が現れ、木漏《こも》れ日《び》をきらりと弾いた。

笠に気を取られた敵勢は、平助の次の動きへの対応が後れてしまう。

平助の正面に立っていた宰領が、喉頸《のどくび》を刺し貫かれた。

余の者が怯むのが、馬上の元親にも分かった。

（隊の宰領を真っ先に討ってしまえば、その隊はたちまち崩れる）

案の定、敵勢は腰を引き始めた。

そこへ、彦七と親貞が、抜刀しながら斬り込んできた。

敵勢のひとりが背をみせて遁走《とんそう》にかかるや、余の者もつづく。が、それでも、絶命した者はともかく、負傷者を置き去りにするほどの狼狽《ろうばい》ぶりではなかった。自分たちはまだ人数で上回っていても、もはや勢いで平助らに敵わないと冷静に判断したに違いない。

「追ってはなるまじ」

追撃にかかろうとする親貞を、平助が制した。

「なにゆえに」

親貞は不服そうな顔を振り向かせる。

「追えば、踏みとどまって反撃に出るくらいの力は持つ者らにござる」

「平助の申すとおりじゃ。何者か知らぬが、あの遍路ども、なかなかに統制がとれておった。丹楓が蹴散らしてくれなければ、とうにわしは命を落としていたろうよ」

と元親が、丹楓の平頸を撫でた。

幾つも転がっている死体を、彦七が検めてゆく。

「おおかた、国虎《くにとら》の手の者であろう」

なおも丹楓の平頸や鬣《たてがみ》を撫でながら、元親が予断を口にした。

本山氏を滅ぼしたあと、次には土佐安芸郡安芸城主の安芸国虎を討つつもりの元親であった。

元親は、国虎に対して、本山氏との長浜合戦のさい、留守中の岡豊城を包囲されたという苦い経験をもつ。このときは、味方に安芸勢の背後を衝《つ》かせて、なんとか落城を免れたものの、元親以外は攻めより守りを重視することの多い土佐豪族の中で、国虎だけが積極策をとる男なのである。まだ長宗我部氏が本山氏を滅ぼしきれていないこの時期だからこそ、刺客を差し向けるぐらいのことはやるであろう。

「殿。こやつら、身許《みもと》や素生《すじよう》の知れるものをこれと申して帯びておりませぬ」

彦七の残念そうな報告を受けても、

「刺客ならば、それくらいの配慮はしておろう」

と元親は気にもとめない。

突っ伏した宰領の笈摺が捲《まく》れ上がり、後ろ腰にたばさんだ短刀が見えている。平助は、それを鞘《さや》ごと抜き取って、鞘を払うと、刀身を顔の前に立て、鐔元《つばもと》から切《き》っ先《さき》まで眺める。

匂出来《においでき》の刃文《はもん》や、小丸《こまる》の小返《こがえ》りの切っ先に特徴がある。

（大和《やまと》の手掻《てがい》か……）

東大寺《とうだいじ》の転害門《てがい》外に集住し、東大寺・興福寺《こうふくじ》の僧兵用に刀剣を製作したことを起源とする刀工団が、手掻派とよばれる。作風は、室町《むろまち》時代以前と以後とで大きく異なるが、いま手にしているのは以後のもの、と平助は見当をつけた。

鞘の裏側の副子《そえご》を抜いた平助は、その切っ先を目釘《めくぎ》にあて、拾い上げた石で上から軽く叩いた。そうして目釘を抜き、柄《つか》を外す。

露《あら》わになった茎《なかご》に刻《きざ》まれた銘《めい》を読んだ。〈包《かね》〉。手掻派の通字《とおりじ》である。

しかし、刺客団の宰領の短刀が大和手掻派の銘刀であったからといって、そのまま素生につながるものではない。有名な刀工の作品は、いずこの武士も欲するものなのである。例えば、備前物《びぜんもの》などは天下にあまねく行き渡っている。大和手掻派の刀剣も、土佐で見られたところで何ら不思議ではない。

平助は、宰領の腰に短刀を戻し、合掌した。

「つまらぬやつらに邪魔されたが、稀代《きたい》の駿馬、丹楓とともに闘うことができた愉しさ、平助の本物の鎗さばきをみられた果報を思えば、国虎に礼を言うてやってもよいくらいだ」

もはや刺客団は安芸国虎の手の者ときめつけた元親が、本当に愉快そうに破顔した。

「されば、丹楓。湊まで、あとひと走り。頼んだぞ」

元親が丹楓の耳にそう告げると、破格の雌馬は軽やかに脚を送りだし始めた。

「殿、お待ちを」

「一騎駈けは、お控え下されい」

刺客団に襲撃された直後だけに、親貞と彦七がとめようとするが、元親はどこ吹く風で樹間を駈け抜けてゆく。いま窮地に陥《おちい》ったことなど、意に介していないのである。この豪胆さは、四国随一というべきであろう。

「皆、後れるな」

遠ざかる鞍上《あんじょう》から、元親が振り返る。すこぶる愉しげではないか。

「戻せ、兄者《あにじゃ》」

聞き分けのない元親に、思わず家臣から弟に戻ってしまった親貞が地団駄《じだんだ》を踏む。

「まっこと、がきのようではないか」

と彦七まで、元親の行動に呆《あき》れる。

だが、ふたりとも、そういう主君を好ましく思っていることは、表情から窺える。

「この先は、おふたりともご乗馬で往かれよ。それがしの脚といずれが速いか、お試しになるのも面白うござろう」

平助は、親貞と彦七へ微笑みかけた。

「魔羅賀どのと駈け競《くら》べを……」

「それは……」

両人は顔を見合わせる。

いましがたの平助の脚力を思えば、自分たちの乗馬では負けてしまう。馬を駈っても人の脚に負ければ、ふたりは一生、元親にからかいつづけられる。早く鞍上に身を移して、鞭を入れねばなるまい。

武具を担いで悠然と歩きだす平助を、親貞と彦七は、慌てて追い越し、一散に走った。

元親主従は、陰険な刺客も退散せざるをえないほどの陽気さに包まれている。案ずることはなさそうである。あたふたするふたりを見送りながら、平助はそう思った。

三

平助と丹楓を便乗させたみませ屋の船が、堺湊に入ったのは、すっかり夏めいて、やや暑さをおぼえるようになった頃である。

(了荷《りようか》どのはおられるようだな……)

碇泊《ていはく》中のもにか丸が視界に入り、平助は目許《めもと》、口許《くちもと》を綻ばせた。堺櫛屋町《くしやちよう》の豪商日《ひ》比屋《びや》の持ち船の中で最大の船である。

日比屋の当主了珪《りようけい》とその跡取り了荷は、平助にとって、日本における父と兄である。もし堺湊にもにか丸の姿の見えないときは、了荷は交易に出ているはずなのである。

平助が上陸すると、いきなり小走りに寄ってくる女人《にょにん》がいた。

「うれしい」

抱きつかれ、両頬に接吻《せっぷん》された。

平助も同じ挨拶を返す。

「平助さま。こんどはいつまでいてくれるの」

日比屋了珪のむすめの紫乃《しの》である。

「仕合わせそうな顔だな、モニカ」

と平助は、微笑んだ。

キリシタンである紫乃は洗礼名をモニカという。同じく、了珪がディエゴ、了荷はビセンテである。

「平助さまのおかげにございます」

「宗札《そうさつ》どのも息災《そくさい》か」

「はい。いまは商《あきな》いで、博多《はかた》まで出向いておりますが」

平助が最後に堺を訪れたのは、二年前のちょうど今頃の季節だが、そのとき、日比屋の存亡にかかわる事件が起こった。しかし、平助の活躍により、日比屋は事なきを得《え》、紫乃も奈良屋宗井《ならやそうせい》の倅《せがれ》の宗札に嫁ぐことができたのである。

近くで、赤子の泣き声がした。紫乃のお付きらしい女中が抱いていた。

紫乃は赤子をおのが腕に抱えると、平助にみせた。

「子ができたのか」

「二年ぶりですもの。子ぐらいできます」

ちょっと怒ったように、紫乃は言った。少年時代の四年間をともに日比屋で暮らした平助が、陣借り者となって天下を経巡るようになってから、滅多に堺へ戻ってきてくれないからである。

「抱かせてくれ」

紫乃から平助の腕の中へと移った赤子が、くしゃっと愛らしく笑った。

「女の子だな」

平助が言いあてる。

「どうしてお分かりに」

「どうも女子は皆、おれに抱かれると心地よいらしいんだ」

「まあ……」

紫乃に睨みつけられ、赤子を奪い返されてしまう。

「もう少しよいではないか」

「知りませぬ。一体、往く先々で何をしておいでなのです」

「何って、陣借りさ」

「きっと、平助さまが借りられるのは、いくさの陣だけではございませぬのね」

「うーん……」

ばつが悪そうに総髪の頭を掻く平助の背を鼻面で押した丹楓が、歯を剝いて笑った。

それから平助は、紫乃と連れ立って、日比屋を訪れた。

紫乃が先に上がって、奥へ知らせると、待つほどもなく、了珪と了荷が小走りに現れた。

「小父御《おじご》」

平助は、了珪を小父御とよぶ。

「よう帰ってきた、平助」

ふたりは抱き合った。

「今宵は宴や。平助の好物をなんもかも揃えたる」

「それは、うれしや」

つづいて、了荷とも抱擁を交わす。

「土佐から来たのんか」

と了荷は言いあてた。

「さすがに、お耳が早い」

「耳が早《はよ》うなかったら、商いはできひん」

日比屋父子は、平助が日本のどこにいるのか、離れていても、いつも知っている。豪商の命ともいうべき情報網を活用するからであった。むろん、平助の場合は、天下に隠れなき武名をもつので、所在を掴みやすいということもあるが。

「そや」

ふいに何か思い出したように、了荷は手を拍《う》った。

「平助に書状《ふみ》がきてるで」

「おれに書状が……」

「一昨日、京から行商の者がきたのや。日比屋へ届けてほしいて、女子に頼まれたゆうてな」

「まあ」

と先に反応した紫乃から、また睨まれて、慌てた平助はなぜかかぶりを振ってしまう。べつに疚《やま》しいことをした憶えはないのだが、妹同然の紫乃の視線は怖い。

「書状を土佐行きの船に届けさせてもよかったのやが、なんとのう、平助が堺へ帰ってきよるような気がして、四、五日待ってみよう思うたのや」

文箱《ふばこ》にしまってあるから、と奥へ戻ってゆく了荷に、平助はつづいた。紫乃も、赤子を女中に預けて、ついてくる。

（妙だな……）

平助は、廻国旅の中で、自分と日比屋の関係を、誰かに話したことはめったにない。ただ、この関係は、天下の富の集散地たる堺ではよく知られているので、諸国へ伝わっていてもおかしくないとはいえる。

了荷の居間で渡された封書の表書きには、

〈平さま　参る〉とあった。

裏を返すと、〈ゆい〉。

（ゆい……。嵯峨《さが》の由以《ゆい》どのか）

書状を届けた行商人が京からやってきたというので、平助はそれと結びつけた。由以なら知っていてもおかしくない。

「ゆいって、どこのどなたさまにございますの」

のぞきこんだ紫乃が、問い詰めるように訊く。

「昔の女さ。仔細に聞きたいか」

にいっ、と平助が笑うと、

「けっこうです」

憤然と紫乃は出ていった。

「奈良屋へ嫁いで二年になるちゅうに、まだ娘気分が抜けへん。困ったもんやで」

妹の背を見送りながら、了荷が苦笑いをみせる。

「ほんで、平助。わしの察するところ、ゆいゆうのは、嵯峨の浮舟屋《うきふねや》の女亭主やろ」

「書状を読まれたのか」

平助は、眼を剝いた。

腹を立てたわけではない。了荷はそういうことをする人間ではないと知っているので、おどろいたのである。

「あほ。わしが平助にきた書状を盗み見るわけないやろ。察するところて、言うたやないか」

「了荷どのは浮舟屋をご存じなのか」

「そら知っとるがな。愛宕《あたご》参りの人々が泊まらはる旅宿として有名や」

たしかに、有名であった。いずこでも、旅宿といえば、旅中の休憩所といった程度のものばかりなのに、浮舟屋は食事付き、湯殿《ゆどの》付きというきわめて高級な宿泊所なのである。それだけに、客筋もよい。

「なれど、女亭主の名まで……」

「平助は、厳島《いつくしま》合戦で武名を挙げたあと、京へ上り、洛西《らくせい》で遊んだやろ。そんとき、ええ仲になった女やなかったんかいな」

にたっ、と了荷が笑う。

平助は、少し膚《はだ》に粟粒《あわつぶ》を生じさせた。

（了荷どのは、おれが最初に堺を出たときから、誰かにあとを尾《つ》けさせているのではないのか……）

まさかそこまではすまいと思いつつも、完全に否定はできかねる平助であった。

「ほな、ゆっくり読んだらええ。何が書かれておるかも、訊きはせん。平助の私的なことやろからな」

座を立った了荷は、しかし、戸口で振り返った。

「せやけど、力を貸してほしければ、言いや。わしがなんでも助けたる」

廊下をせかせかした足取りで遠ざかる了荷に、平助は心中で感謝した。実の兄でも、ここまで親身になってはくれないであろう。

封を外し、書状を披《ひら》いた。

やはり、洛西嵯峨の浮舟屋の由以からであった。

あまたの女性《にょしょう》と接してきた平助だが、由以は別して忘れられない。十年前、この堺より天下廻国の旅へ出立して、最初に肌身を合わせた女人なのである。

ふたりの出会いのきっかけは、大堰川《おおいがわ》で溺れかけていた少女を平助が救ったことであった。この少女が、名を玻奈《はな》といい、由以の年の離れた妹だったのである。

当時の由以は、はかなげな美しさと、心根の強さを同居させ、どんな男に言い寄られてもはねつけていたが、平助にはみずから身を委《ゆだ》ねようとした。

しかし、初めは平助のほうが固辞した。

「妹の命の礼を、こんな形ですることはない。もし、なんでも所望してよいのなら、白い飯粒を一升」

炊きたての白米をたらふく食べるのが、平助の唯一の贅沢なのである。

浮舟屋に逗留中、平助は玻奈とよく遊び、奉公人たちには好かれて、短い間だが家族のように過ごした。そして、いよいよ明日は出立という夜、ふたたび由以が寝間《ねま》を訪れてきた。

「いま平助さまに抱いていただけぬのなら、由以は生涯、男とは無縁のままの覚悟にございます」

妙な脅迫の仕方もあるものだが、由以のような美しい女人が生涯孤閨《こけい》を守るというのは、あまりに哀《あわ》れ。ついに平助は、朝まで共寝をしたのである。

それから一、二年後であったか、風の噂に浮舟屋の由以が婿を迎えたと聞き、素直に喜んでいいのかどうかよく分からない気持ちになった。と同時に、これでもう二度と浮舟屋を訪れてはならないと思いきめた。良人《おっと》を持った身の女の前に、昔の男が顔を出せば、ろくなことにならない。

その由以からの書状は、浮舟屋の窮状を訴えていた。

近頃、京洛《けいらく》で徒党を組み、喧嘩・強盗・夜討などを専《もっぱ》らとするあぶれ者たちがいて、その最大の集団は茨組《いばらぐみ》と革袴組《かわばかまぐみ》であり、両組は敵対している。どちらも、武家の尊崇《そんすう》が厚い愛宕権現《あたごごんげん》に詣《もう》でると称して、浮舟屋へ度々《たびたび》やってきては流連《いつづ》け、代銀《だいぎん》を踏み倒すばかりか大暴れをして帰るのを常とする。この春には両組が浮舟屋で鉢合わせし、刃傷沙汰《にんじょうざた》を起こして、他の客にまで負傷者を出した。永年、機能していない幕府は、訴えても、助けてくれない。このままでは、浮舟屋は、まともな客たちの信用を失い、潰《つぶ》れてしまうしかないので、平助に茨組・革袴組を退治してほしい。

読み了《お》えて、平助は違和感をおぼえた。

（由以どのらしくない……）

何があっても、みずからの力で乗り越えようとする。それが、平助の知る由以である。誰かを頼るとしても、十年前に一度契《ちぎ》っただけの男を、いまさら呼び寄せようなどと思わぬはず。

しかし、十年という歳月は決して短くない。由以は変わったのかもしれない。

それより、由以の婿となった男は何をしているのか。茨組・革袴組を恐れて、逃げてしまったのか。

とまれ、見捨てることはできない。

平助は、書状を畳んで懐《ふところ》に収めると、立ち上がった。

四

空は薄暗く、雲往《くもゆ》きが怪しい。

梅雨《つゆ》の時季を迎えた深山幽谷《しんざんゆうこく》を、破格の人馬が往く。

東は宇多野《うたの》・太秦《うずまさ》の地、南には大堰川の流れ、西に小倉山《おぐらやま》を望み、北は愛宕山の裾。京の西に広がるこの一帯が、嵯峨とよばれる。

古来、天下第一の景勝といわれて、皇族・公家衆《くげ》が遊猟し、花鳥風月を楽しみ、貴《き》紳文人《しんぶんじん》は競うように山荘別墅《べっしょ》を建て、大寺も相次いで造営された。

戦国期に入ると、愛宕山上に鎮座する愛宕社の本地仏《ほんじぶつ》の勝軍地蔵《しょうぐんじぞう》が、いくさに勝利をもたらすといわれ、その登り口である嵯峨を武士たちが繁《しげ》く往来するようになった。

ただ、台所に祀《まつ》る竈神《かまどがみ》としての愛宕信仰が庶民の間に弘《ひろ》まり、嵯峨に民家が増えて、諸国から多くの人々がやってくるのは、江戸時代になってからである。平助が訪れたこの頃は、いまだ貴族、有徳人《うとくじん》、武家ら限られた者の遊覧地であった。

丹楓を曳いて歩く平助の視線の先に、冠木門《かぶきもん》が見えてきた。門に扉は付いていない。

そこまで進むと、看板が目に入った。

当時の宿屋の看板といえば、馬槽《うまぶね》（飼い葉桶《おけ》）が多かった。馬の飼料を用意しているという意味合いからである。これを馬駄飼《はたご》といい、のちに旅籠《はたご》の文字をあてたといわれる。

だが、いま平助が目にしている看板は、開いた扇の面に、川に浮かぶ小舟の描かれた風流なものである。

（懐かしいな……）

浮舟屋の門内へ踏み入り、両側に樹木の植えられた小径《こみち》を抜けて、広い平坦地へ出た。その一隅には馬屋《うまや》がある。

正面に、山荘の玄関。

山荘といっても、幾棟もの家屋を、山の傾斜の地形に沿って建て、それらを渡殿《わたどの》で繋《つな》いだ贅沢な造りである。

右方で樹木が揺れたので、見やった。

花摘《はなつ》みでもしていたものか、紫陽花《あじさい》の花群の中から人が出てきた。

互いの目が合い、平助もその女人も立ち竦んだ。

（由以どの……）

十年前といささかも変わっていない若々しさ、美しさに、平助は目を瞠《みは》ってしまう。いや、むしろいまのほうが瑞々しいぐらいではないか。

由以は、表情をおどろきから喜びへと変化させると、一輪の紫陽花を手にしたまま、足早に寄ってくる。

紫陽花はその形から手毬花《てまりばな》ともいう。毬を持ってきて、平助に遊んでもらいたいと甘える玻奈の姿が重なった。平助は混乱した。

由以なのか玻奈なのか、いずれとも見定めがたい女人は、平助が腕を伸ばせば触れられる近さのところで足をとめた。

「お久しゅうございます」

女人が喘ぐように言ったので、心をふるわせている、と平助は分かった。

「十年ぶりにござるな」

「はい。書状をお読みいただけたのでございますね」

「いかにも」

「あれは、わたくしが認《したた》めました」

妙なことを言う、と平助は思った。書状に署名がしてあるのだから、由以ならば、わざわざ自分が認めたとは言うまい。

「お赦し下さいまし。姉上の名でのうては、平助さまにおいでいただけぬと思うたのでございます」

ようやく平助は、確信できた。目の前の女人は、由以ではなく、玻奈なのだ。

（それにしても、よう似ている……）

姉妹なのだから当然といえば当然なのだが、胸のあたりを圧迫されたような気がし
（玻奈どのなのか……）

た。十年も前に睦言《むつごと》を交わした女人が、そのときの姿と変わらずに現れたら、平助でなくとも平静ではいられないであろう。

「されば、由以どのには内緒にしておこう。それがしは、ただふらりと訪れたことにいたす。それでよいか、玻奈どの」

すると、玻奈のおもてが、切なそうに歪められた。

「姉上は一昨年の冬、この世を去りましてございます」

「…………」

平助は声を失う。

嵯峨野に雨が落ちてきた。

(由以どのらしいことだ……)

位牌《いはい》に線香をあげ、瞑目合掌しながら、平助は由以の面影を心の中に描いた。

姉が病に蝕《むしば》まれ、余命幾許《いくばく》もないと判ったとき、玻奈は平助に連絡をとろうとしたのだが、痩《や》せ細って膚もどす黒くなった醜い姿を平助にだけは見せたくないから、決して報《しら》せてはならない、と由以は頑《かたくな》に拒んだ。また、死んだあとも報せる必要はないと遺言したという。

「姉上は、ご自分と平助さまの思い出だけは、互いに美しいままでありつづけたい。さように思われたのでございましょう」

平助は、仏壇の前を離れ、玻奈と対《むか》い合って座した。

「姉上亡きあと、わたくしは、姉上の名を継ぎ、二代目の浮舟屋由以として、宿をつづけております」

「由以どののご亭主はどうなされた」

「茂左衛門《もざえもん》どのなら、茨組や革袴組を恐れて、去年の暮れに実家の矢掛屋《やかけや》へ逃げ帰ってしまわれました」

溜め息まじりの玻奈である。

由以の良人の茂左衛門は、もとは近江朽木《おうみくつき》氏の庶流の子であったが、先々代当主の朽木植綱《たねつな》と昵懇《じっこん》の洛中の商家、矢掛屋に養子として入った。当時、矢掛屋には男子がおらず、植綱のほうも茂左衛門は柔弱者で武士には向かぬと思っていたから、双方に都合がよかったのである。ところが、その後、矢掛屋では男子が誕生したので、茂左衛門の婿養子先を探すこととなった。折りしも茂左衛門は、嵯峨野に遊んだときに出会った由以に想いを寄せており、浮舟屋との縁組を望んだ。やさしすぎて、何につけても頼りない茂左衛門であったが、そこにかえって母性をくすぐられたのか、婿に迎えることを由以は承諾した。夫婦に子はできなかった。由以が生来、華奢《きゃしゃ》であったのと、浮舟屋の女亭主として忙しすぎたことが原因であったろう。

「玻奈どのは、ご亭主は」

平助が訊ねると、

「わたくしは独《ひと》り身《み》にございます」

というこたえが返ってきた。

ちょっと硬い返辞だったので、平助はそれ以上、質問するのは控えた。自身の色恋の話はしたくないのかもしれない、と察したのである。

しかし、かくも美しい玻奈である。亡くなった由以と同様、言い寄ってくる男は少なくないに違いない。

(もしやして、茨組や革袴組の荒《あら》くれどももも玻奈が目当てで浮舟屋へやってくるのではないか……)

玻奈から位牌へと目をやる平助であった。

その視線を、玻奈も追う。

「平助さまは、いまだ姉上に想いをのこしておられるのですね」

「玻奈どのには、さように見えるか」

「見えます」

「自分でもよく判らないな。十年の隔《へだ》たりは、短いとは言えぬし……」

「由以はずっと平助さまをお慕いつづけておりました」

玻奈がはじめて、姉上と言わず、由以と言った。

由以という女の、平助という男に対する変わることのなかった想いを、伝えたいのであろうか。そう平助は感じた。

「それがしは心ないことを申したようだ」

「平助さまは正直です」

しばし、沈黙が流れた。

雨音が耳をうつ。

「さて、玻奈どの。茨組、革袴組のことを仔細に話してもらいたい」

「はい」

「次はいつここへやってくるのか、知れているのかな」

「いつも、何の先触れもなくやって参ります」

「人数は」

「茨組は百人ばかり。革袴組は七、八十人というところにございます」

「どちらも、洛中洛外を転々としているらしく、定《さだ》まった住まいはないようにございます」

「塒《ねぐら》をご存じか」

「さようか」

両組とも徒党を組んでの悪行三昧《あくぎょうざんまい》だから、居場所を知るのはたやすかろう。

「かしらの名は」

「茨組が星影左門《ほしかげさもん》、革袴組は八逆坊《はちぎゃくぼう》と申します」

「玻奈どの。話したくないことかもしれぬが、有体《ありてい》にこたえてほしい」

「何でございましょう」

「その星影左門も八逆坊も、そなたを妻にしたいと思うているのではないか」

少し押し黙ったあと、玻奈は、はい、とうなずいた。

「そのようすでは、すでに酷《むご》い目に遇《あ》われたか」

「いいえ」

こんどは、すぐにかぶりを振る玻奈であった。

「左門には手籠めにされかけましたが、そのときは警固の者らと奉公人たちが皆で抗
ってくれ、救うてもらいましてございます」

「警固衆を雇っておられるのだな」

「いまはおりませぬ。幾人かが闇討ちに遇《お》うて落命すると、のこりの者らも恐れて出ていってしまいました。奉公人も、辞める者が後《あと》を絶ちませぬ」

「八逆坊のほうは」

「わたくしが靡《なび》かぬので、腹いせに下女をふたり連れ去り、手籠めにして川へ……」

玻奈の声がふるえを帯びた。怒りと口惜《くちお》しさと悲しみのせいであろう。

「辛いことを話させた。済まぬ、玻奈どの」

「いいえ。あのような書状に応じて、お越し下された平助さまには、何もかもお話し申し上げねばなりませぬ」

「もういいよ」

膝をずらして前へ出た平助が、いきなり玻奈を抱き寄せた。

あっ、と玻奈は微《かす》かになまめいた声を洩らす。

「由以どのが病に罹《かか》られたときから今日まで、玻奈どのはいろんなことに堪《た》えてこられたのだな。それがしはもっと早くここへ来るべきであった。赦せ、玻奈どの」

「平助さま」

玻奈は平助の分厚い胸で慟哭《どうこく》する。

雨が強まった。

五

浮舟屋の建つ傾斜地の裾は、谷川の川原となっている。

もとは石ころだらけの川原であったが、由以・玻奈姉妹の祖父の代に、客の遊覧場とするため、石を取り除き、川原を均《なら》して広げ、芝を植えた。

誰が名付けたものか、川原はいつしか〈あまの川原〉とよばれるようになった。

『源氏物語』に登場する浮舟の君は、最後は宇治川《うじがわ》で投身自殺を図るが、救われて尼になる。これを、浮舟屋という屋号にひっかけたに違いない。天ノ川《あまのがわ》も連想させて、雅《みや》びである。

浮舟屋の各棟や渡殿から、そのあまの川原を眺め下ろす人たちがいる。浮舟屋の奉公人たちだ。どの顔も心配そうであった。

中には、いまにも降りだしそうな薄暗い空を見上げたり、落ちつきなくただうろうろしている者もいる。

奉公人たちの注目を集めるあまの川原の汀《みぎわ》に、川を背にする人馬の影。

緋色毛の丹楓の鞍上に、白無垢《しろむく》姿の玻奈。馬側《ばそく》に、角栄螺の兜も鳩胸胴も他の具足も赤一色という平助である。

鮮やかすぎる両極端の色といい、玻奈の美しさといい、平助・丹楓の巨大さといい、夢物語から抜け出てきたような人馬ではないか。

ほどなく、人声、足音、具足の軋《きし》み、梢《こずえ》を揺らす音などがして、それらが次第に大きくなってゆく。

あまの川原へ下りるには、浮舟屋の建物群の左右の端につけられた小径を使う。左は薫坂《かおるざか》、右が匂坂《におうざか》と名付けられている。『源氏物語』の浮舟の君は、光源氏《ひかるげんじ》の子である薫に愛されながら、天皇の弟の匂宮《におうのみや》と通じてしまい、思い悩んだ。

薫坂から、先頭で現れたのは、伸ばし放題の髪を荒縄の鉢巻で締めた、ひょろりとして骨張《ほねば》った男である。落ちくぼんだ眼《まなこ》は、ぎらつき、ひどく血走っている。

「星影左門にございます」

と玻奈が平助に教えた。

左門に率いられる茨組の面々の装《なり》は、いかにも乱妨者《らんぼうもの》らのそれである。袖無《そでなし》に茜染《あかねぞめ》の下帯、腰に太い紐《ひも》を幾重《いくえ》にも回して、柄《つか》を細縄《ほそなわ》で巻いた長剣を差し、黒革《くろかわ》の脚絆《きやはん》に裸足《はだし》というものであった。陣笠《じんがさ》や腹巻《はらまき》をつけている者らも少なくない。剣のほかの武器は、鎗・熊手《くまで》・鉞《まさかり》・鎌などである。

匂坂からも、悪党どもが下りてきた。

こちらは、革袴組と称するとおり、全員が革袴を穿《は》いて、数珠《じゅず》を身に帯びている。

が、このふたつのほかは、茨組と似たような装であった。

ただ、ひとりだけが、白い袈裟頭巾《けさずきん》をつけている。

「あれが八逆坊だな」

平助が言うと、玻奈がこくりとうなずく。

(僧兵崩れか)

平助は見当をつけた。

八逆と号するのは、律に規定された八種の重罪、すなわち謀反《むへん》・謀大逆《ぼうたいぎゃく》・謀叛《むほん》・悪逆《あくぎゃく》・不道《ふどう》・大不敬《だいふけい》・不孝《ふこう》・不義《ふぎ》も平然と犯すほどの悪の大物なのだ、とみずからを誇るためであろう。

革袴組は、腰の刀以外の武器は、薙刀《なぎなた》を担いでいる者が多い。僧兵崩れの八逆坊が手下どもに薙刀術を教えているのかもしれない。

両組は、あまの川原を二分して、どちらも魚鱗《ぎょりん》の形をとって居並び、睨み合う。

互いにいちばん前へ出た左門と八逆坊は、汀の人馬を見やった。

「玻奈。書状に認めたこと、まことであろうな」

疑わしそうに訊いたのは、八逆坊である。

「偽りならば、白無垢でお待ち申し上げはいたしませぬ」

玻奈は、左門にも八逆坊にも、同じことを記した書状を送っている。

この先も茨組と革袴組の乱妨をうけつづけては、浮舟屋は潰れてしまう。それならば、いずれか一方に浮舟屋とわが身を守ってもらって、商いをつづけたい。ついては、両組が戦い、勝ったほうのかしらの妻となることを約束する。あまの川原で結着《けっちゃく》をつけるよう請うものである。

右のごとき文面を、平助の指示によって書いた。

「汝《うぬ》は何者だ」

左門が玻奈の馬側に立つ巨軀のほうへあごを突き出す。

「魔羅賀平助と申す」

平助が名乗るや、左門も八逆坊も、両組の手下どもの大半も、息を呑んだ。

かれらのような手合《てあ》いは、合戦が起こりそうなところへ行って、掠奪が目的で陣借りをすることもしばしばである。陣借り平助の雷名《らいめい》を聞いたことがない者は稀であろう。

「高名な陣借り者が、この場に何の用だ」

左門は警戒の視線を向ける。

「玻奈どのより判者《はんじゃ》に指名され申した」

と平助はこたえた。

「判者だと……」

八逆坊が色をなす。

「信州川中島の合戦では、武田信玄は武田の、上杉輝虎（謙信）は上杉の勝利と喧伝いたした。いくさも喧嘩も、負けを認めたくないのは人情。よって、判者が必要にござる」

「そのほうに正しき判定ができると申すか」

「できぬとお思いか」

平助はあえて殺気を放ち、八逆坊をたじろがせた。

「ひとつ、申し上げておく。どなたも、最初に逃げをうって、このあまの川原を去るなかれ。そのときは、その者の組を負けといたす」

「逃げようとするやつを殺してしまえば、文句はあるまい」

手下どもを振り返る八逆坊であった。

「おかしら、誰も逃げはせぬ」

誰かが言い、革袴組の面々は、数珠を摑みながら、

「応《おう》っ」

と鼓舞《こぶ》の声をあげた。

「勇ましいことだな」

左門は、革袴組を眺め渡して、嘲る。

「星影左門よ。茨組をひとり残らず、地獄へ送って進ぜようぞ」

数珠を摑んだ拳を、八逆坊は左門の顔の前へ突き出した。

「やってみるがいい」

左門が、ゆっくり退がる。

平助は、右手を伸ばして、鞍上の玻奈の手に触れた。恐怖や不安を和らげるためである。

玻奈が手を握り返してきた。

事は平助の思惑どおりに進んでいる。茨組と革袴組に真っ向から殺し合いをさせ、生き残った者を平助みずから討ち取ってしまうのである。闘って疲弊《ひへい》した直後の者らであれば数十人が対手《あいて》でも勝てる。

しかし、思わぬことが起こった。

一発の銃声が響き渡り、八逆坊がのけぞって倒れた。

「おかしら」

革袴組のおどろくまいことか。

かれらは、八逆坊のもとへ集まり、抱き起こした。が、ひたいに銃弾を食らった破《は》
戒《かい》僧は、すでに事切《こと き》れている。

薫坂から、鉄炮を持った男が現れた。

「次郎助《じろすけ》、ようしてのけた。さすがに雑賀者《さいかもの》よ」

紀州の雑賀衆は鉄炮集団として知られる。

「突っ立ってやがったから、狙うのは造作《ぞうさ》もなかった」

次郎助とよばれた男は、自慢げである。

「卑怯なり、左門」

「おかしらの弔《とむら》いじゃあ」

革袴組がいきりたち、おのおの得物《えもの》をかまえた。

「さわぐな。汝らの負けだ。このうえ殺し合っても仕方あるまい」

左門は革袴組を睥睨《へいげい》する。

「殺し合うより、汝らも茨組に入れ。われらと汝ら、合わせれば二百人近い。それだけの人数なら、小城《こじろ》のひとつぐらいは落とすこともできよう。まずは、皆で城を持って、乱世の風雲に乗ろうではないか。いかに、革袴組の衆」

革袴組の者らは、誰もが仲間の表情を窺いはじめる。殺気が徐々に薄れてゆく。

平助は、ちょっとおどろいた。星影左門というのは、思いのほかに頭がきれる。

「判者どのよ」

と左門が平助を見やる。

「勝ち方については、定め事《きごと》はなかったはず。見てのとおり、おれの勝ちだ。玻奈はこの星影左門が妻とする」

思惑を砕かれた平助だが、うろたえはしない。

（いささか人数は多いが、やれぬこともあるまい）

二百人近い荒くれと、たったひとりで闘う覚悟をきめたのである。

玻奈は丹楓が守ってくれる。万一のために、丹楓にはこの谷川を向こう岸まで泳ぎ渡る訓練をしておいた。渡ってから逃げる道も、おぼえさせてある。

平助は、丹楓の鼻先へ身を移すと、傘鎗を前へ突き出した。

「約定《やくじょう》を違《たが》える気か」

怒気を露わにした左門だが、すぐに表情を変化させた。あっけにとられたようなそれである。

茨組、革袴組の連中も皆、同様であった。

後ろへこうべを回した平助も、声をあげそうになった。

鞍上の玻奈が、諸肌脱ぎになって、双の乳房を曝《さら》していたのである。白磁《はくじ》の碗《わん》に似ているが、唐渡《からわた》りの最上品でもこれほどの色香を漂わせることはできまい。

「わたくしは、星影左門の妻になると約束したおぼえはありませぬ。勝ったほうのかしらの妻になると申しました。いま茨組と革袴組がひとつになるのなら、かしらは新しく選ばれるべきにございましょう。そのかしらこそ、わたくしの良人にございます」

「な、何をこの期《ご》に及んで……」

あまりの怒りに、左門は唸ってしまう。

「道理よな」

同意したのは、意外にも次郎助であった。

「次郎助。汝は……」

「おかしら、いや、星影左門。もともと、勝ったのはおぬしではないぞ」

「何っ」

「八逆坊を仕留めたのは、この次郎助よ。ではないか、茨組の衆。それに、革袴組の衆も」

　左門を見る革袴組から、ふたたび殺気が沸《わ》き始めた。

　茨組の者らも迷いだしたのが、平助には感じられた。

　その頃合いを計ったように、玻奈が大胆にも、双の乳房を挟み込んで、両腕を下腹へと伸ばし、白い喉首を反らせた。それは、男たちの獣心を暴発させるに充分すぎる淫らさであった。

　わが身への危険をおぼえた左門が、次郎助に抜き討ちを見舞った。次郎助は辛《かろ》うじて躱す。これが、二百人近い男たちによる殺し合い開始の合図となった。

「左門は、茨組が他人様《ひとさま》より奪った物の半分余りをわがものといたすので、手下どもに好かれてはおりませぬ」

　と玻奈から明かされた平助は、舌を巻く。

（たいしたものだ）

　無法に堪えながら、敵の弱点をしかと見極めていたとは。

　平助は丹楓に、玻奈を向こう岸へ運ぶよう命じようとした。が、玻奈にとめられる。

「男たちの血気を冷《さ》ましてはなりませぬ」

たしかに、目の前に玻奈の裸身があればこそ、かれらは狂っている。

（なんという強靭《きょうじん》さか……）

玻奈のすべてに打たれた平助である。

乱戦の中を抜け出て、玻奈にむしゃぶりつこうとする者が、次から次へと襲ってくる。平助は、それらを、鎗のひと突き、ひと薙《な》ぎで、ことごとく瞬時に仆《たお》す。

「やめよ、やめよ、やめよ」

左門が、無数の金創《きんそう》で血だらけになりながらも、必死に叫んだ。

「これは、魔羅賀平助と玻奈の策略ぞ。われらに殺し合いをさせたいだけなのだ。皆、目を覚ませ。目を覚ませ」

ようやく、左門はそこに気づいたのである。

しかし、すでに男たちの半数ほどが、赤く染まったあまの川原の芝に斃《たお》れている。立っていても、無傷の者はいない。肩で息をし、足をもつれさせる者がほとんどであった。

浮舟屋から矢雨が降ってきたのは、このときである。

　とっさに平助は、馬上から玻奈を抱き下ろし、その場に腰を落とした。

　だが、矢は両組の生き残りたちの躰へ突き刺さるばかりで、平助と玻奈のところへは降ってこない。

　仰ぎ見れば、射手《いて》は、浮舟屋の奉公人たちではない。武家衆であった。

　矢雨をかいくぐって、薫坂へ逃げ込もうとする者を、平助は視線の先に捉えた。次郎助である。

　次郎助は、しかし、薫坂を下りてきた武士に、真っ向から斬り下げられた。

　次郎助のあとにつづこうとしていた左門が、それを見て、向きを転じ、平助のほうへ駈け向かってくる。谷川を渡って逃げるつもりであろう。

　平助は、鎗の柄で左門の足を払ってもんどりうたせ、仰向けに倒したところへ穂先を突き入れた。ぎゃっ、と断末魔の悲鳴があがった。

（道を誤らなければ、ひとかどの武人になれたやもしれぬに……）

　星影左門のために、心中で合掌する平助であった。

　薫坂、匂坂の両方から、武士と足軽たちが走り出てきて、両組の生き残りを捕縛し始めている。

「魔羅賀平助。久しいな」

次郎助を一刀両断した武士が、歩み寄ってきた。

「これは、朽木鯉九郎《こいくろう》どの」

将軍足利義輝の股肱《ここう》、というより友と称すべきひとで、剣の達人でもある。平助は、かつて義輝に陣借りしたさい、交誼《こうぎ》を結んだ。

「鯉九郎どのは、なにゆえここへ」

「浮舟屋の先代由以の良人、茂左衛門がわたしの血縁でな。二日前、洛中で久々に会《お》うたところ、浮舟屋が乱妨者どもに悩まされていると聞いたのだ。それで、今朝になって、本日、浮舟屋へ乱妨者どもが押し寄せるらしいと知り、急ぎ人数を揃えて馳せつけた」

「さようにござったか。おかげで命拾いをいたしてござる」

「こやつら、おぬしに命拾いしたと思わせるような強敵ではあるまい。平助がいたのなら、助けは無用であったな」

「お買い被りにござる。鯉九郎どのこそ、地獄に仏。まことにありがとう存ずる」

「そういうことにしておこう」

鯉九郎は微笑んだ。

「御所へ参れ、平助。将軍家がお喜びあそばす。このまま、わたしと連れ立ってゆくか」

誘われた平助だが、困ったように頭を掻く。

「きょうばかりは……」

すると鯉九郎は、ちらりと玻奈を見やる。

玻奈が、はっとして、両腕で乳房を隠した。諸肌脱ぎのままでいたことに、いま気づいたのである。

「なるほど……。これが魔羅賀平助よな」

「畏れ入りましてござる」

「何も畏れ入ることはあるまい。明日でも、明後日でも、いつでもよい。どこぞへ発つ前に、必ず御所へ顔を出すのだぞ」

「畏まって候」

鯉九郎は去ってゆく。

(なんと清々《すがすが》しき武人か……)

比べて、おのれの未熟さを思う平助であった。

時鳥《ほととぎす》が啼《な》いた。雨粒が落ちてきた。

六

玻奈は乱れた。

平助は、身も心も玻奈の思いのままにさせた。

「十年の想いにございます」

平助を貪りながら、玻奈は涙声で言った。

由以の位牌の前で、玻奈の口走ったことが、あらためて平助には思い起こされる。

姉の名を継いだと告げてから、由以はずっと平助さまをお慕いつづけておりました、と玻奈は口走った。その由以は、玻奈自身でもあったのだ。

少女玻奈の初恋であったに違いない。だが、由以も平助もそのことに気づかなかった。

姉が婿を取ってからもずっと平助への想いを抱きつづけていたことは、かえって妹の心の中から平助を消せなくしてしまった。妹の恋は成就しなかっただけに、なおさらであったろう。

「玻奈どの……」

「いやでございます。玻奈とお呼びくださいまし」

「玻奈」

「はい」

「愛《いと》しいひと」

「ああ、平助さま」

平助と玻奈の心は蕩け、肌は馴染《なじ》んで、ことばに尽くせぬ悦楽をもたらした。

ふたりがようやく疲れをおぼえたのは、未明のことである。

平助は、半覚半睡の中で、遠ざかる誰かの背中を見た。

直後、雨音の中に時鳥の声を聞きながら、眠りに落ちた。そのとき、なぜか、

(冥土《めいど》の鳥)

と思った。

浮舟屋の奉公人の呼ばわる声で、平助も玻奈も目覚めた。

まだ雨は歇《や》まない。

手早く身繕いをして寝間を出た玻奈が、稍《やや》あって、足早に戻ってきた。

「たったいま、洛中の矢掛屋におられます茂左衛門どのから使いの者が参りました。

本日未明、将軍御所が三好三人衆、松永弾正《まつながだんじょう》らの軍勢の襲撃をうけ、公方《くぼう》さまご生《しょう》

害《がい》とのことにございます」

平助ほどの者でも、一瞬、言われたことの意味を解《げ》しかねた。

「薨《みまか》られた……義輝公が……」

茫然と呟《つぶや》いた平助だが、おのれに強《し》いて、一度、二度とかぶりを振り、正気を取り戻す。

「朽木鯉九郎どのは」

「朽木さまをはじめ、御供《おとも》廻衆《まわり》もことごとくお討死《うちじに》なされたそうにございます」

眠りに落ちる直前に見た、遠ざかる背中は鯉九郎のものであったのか。

種々の伝承をもつ時鳥を、よりにもよって、最も陰鬱《いんうつ》な言い伝えの冥土の鳥と思ったことも、いまとなればうなずける。蜀《しょく》の望帝《ぼうてい》が臣下の妻に淫《いん》して亡《ほろ》んだときに啼いたことから、時鳥は冥土からの使いといわれる。

不吉な予感と思うべきであった。いや、それ以前に、昨日、あまの川原で鯉九郎に誘われたのに、そのまま将軍御所へ参上しなかったことが、悔まれる。

玻奈のせいではない。

(おれの不覚だ)

むろん、鯉九郎でも義輝を守りきれなかったとすれば、自分が警固をつとめたとしても、結果は変わらなかったかもしれない。それでも、何もできなかったというよりは、ましである。

「いまの刻限《こくげん》は」

平助は玻奈に訊いた。

「午《うま》の正刻《しょうこく》にございます」

夏のことで、未明から四刻《とき》（八時間）ほど経っていよう。

「往かれますか」

平助の心を読んだように、玻奈が言った。

「わが目でたしかめたい」

「されば、お支度を」

玻奈は、かいがいしく平助の着替えを手伝いながら、奉公人へ、白米の湯漬《ゆづ》けと味噌と漬物を、玄関に支度するよう命じる。

寸秒の時間《とき》も惜しいときは、座して飯を食すような悠長なことはしない。出掛けに搔っ込むのが、いくさ人《びと》である。そういうことまで知っていて、手際《てぎわ》よくしてのける玻奈を、平助は一層いとおしく思う。

軍装を調えて玄関まで出ると、指笛を鳴らしてから、立ったまま湯漬けを搔っ込んだ。

馬屋から出てきた丹楓が、平助の前で脚をとめる。

鞍上の人となった平助を、玻奈は仰ぎ見て打飼袋《うちがいぶくろ》を手渡した。いつのまに用意したのか握り飯を拵《こしら》えて入れておいたという。

「うれしきかな」

破顔させられる平助であった。

「一度はお戻りいただきとう存じます」

平助が妻を娶って一所《いっしょ》に留まれるような男でないことを、玻奈はわきまえている。だが、三好・松永の軍勢で固められているに相違ない洛中では、たとえ平助でも、その身に何が起こるか判らない。一度は、というのは、安否をたしかめたいためであった。

「戻ってまいる」

言い置いて、平助は丹楓の平頸を軽く叩いた。

平助を乗せた丹楓は、浮舟屋を出ると、雨の嵯峨野路を飛ぶように走った。

やがて、少し開けたところへ出た。

往く手に、道いっぱいに広がって、こちらへやってくる一団が見えた。二十人ほどの笠と蓑《みの》をつけた武家衆である。

丹楓の脚送りを緩めた。

距離が縮まるにしたがい、なぜか武家衆の動きが妙なものになってゆく。

差料の柄袋《つかぶくろ》を外しはじめたではないか。

平助も、丹楓の脚送りを地道《じみち》（常歩《なみあし》）まで落とし、鞍上で傘鎗の笠を外した。

互いの隔たりが十間《けん》を切ったとき、武家衆は一斉に笠と蓑を取って投げ捨てるや、抜刀しながら、駈け向かってきた。

幾つかの顔を、平助は憶えていた。

（土佐で弥三郎どのを襲うた者らだ）

あのとき邪魔された恨みを晴らそうとでもいうのか。

ただ、これで、安芸国虎の放った刺客ではなかったと知れた。長宗我部元親を狙う国虎の刺客が、洛西嵯峨にいるのでは辻褄《つじつま》が合わない。とすれば、あのときも、狙ったのは元親ではなかったのか。

平助は、鐙《あぶみ》で丹楓の腹を蹴った。

応じた丹楓が、前肢《まえあし》を高く上げ、真っ先に斬りつけてきた者を、蹴り殺した。

その勢いのまま、丹楓は一瞬で、かけ（駆歩《かけあし》）へと速度を上げ、武家衆の間へ割って入り、走り抜ける。

そのさい平助は、馬上から右に左に鎗を揮って、六人を絶命させている。

そこで下馬した平助は、鞍に取り付けてある柄立《えたて》に鎗を差してから、背負いの志津三郎、刃渡り四尺の大太刀を、独特の抜刀法で抜き、ためらいなく多勢の中へ斬り込んだ。

誰ひとり、平助の神速《しんそく》の刃《やいば》を躱すことはできない。あっという間に、屍《しかばね》の山が築かれた。

平助は、ひとりを残した。

その武士は、腰を抜かして尻餅《しりもち》をつき、そのまま立てなくなった。

「土佐では、この魔羅賀平助を討つつもりだったのか」

問い詰めると、武士は、急いで幾度も首を縦にした。

「なぜ長宗我部元親どのと間違えた」

「ひ、緋色毛の、巨大な馬に乗る大男。さように聞かされていたのだ」

「ふうん……」

元親は、大男というほどではないが、堂々たる風姿である。丹楓に跨がっていれば、さらに立派に見えたとしても不思議ではない。

「それで、元親どのがおれを平助と呼んだとき、おぬしらはおどろいたのだな」

「そうだ」

「誰の差しがねか」

「言わぬ」

白状されなくとも、すでに平助には察しがついていた。

図星であるのは、武士が目を泳がせたことで知れた。

「松永弾正だろう」

刺客団の宰領の短刀は、大和手掻派の作であった。いま大和の国守《こくしゅ》は松永弾正久秀《ひさひで》である。

弾正に憎まれているのは承知だが、何故《なにゆえ》いまごろ刺客を差し向けてきたのか。そこが腑《ふ》に落ちない。

「なぜだ」

そのことを、平助は詰問した。

命令者を言いあてられて、このうえ隠し立てしても仕方ないと思ったのか、武士はこたえた。

「公方を討つとき、万一、陣借り平助に公方のもとにいられては厄介ゆえ、大事決行の前に殺してしまいたかったのだ」

「そうか……」

臆病者の弾正らしい考えかたである。

「おぬしら、いまもおれを討ちにくるところだったのか」

「陣借り平助が嵯峨の浮舟屋にいると知れた。われらは、土佐のしくじりの汚名を返上しなければならぬ」

「弾正に伝えよ。刺客を何百人でも何千人でも送ってまいれ、必ず皆殺しにする」

平助は、拳の一撃を食らわせて、武士を昏倒させた。

それから、ふたたび丹楓を駈って、洛中に迫った。

しかし、三好・松永の軍兵《ぐんぴょう》が洛中へ通じる入口のすべてを扼《やく》し、要所の釘貫門《くぎぬきもん》という釘貫門も閉ざされていた。洛中はしばらく、この戒厳下におかれるに違いない。ただでさえ人目に立ち、松永弾正の敵でもある魔羅賀平助が入ることは、不可能というほかなかった。

丹楓の馬首を嵯峨へ返した。

路傍《ろぼう》にたむろする、みすぼらしい装《なり》の童たちの話し声が、耳に届く。

「今朝、公方さんがお歌を詠《よ》んだんやて」

「どないなお歌を」

「ええっとな……」

五月雨《さみだれ》は　露か涙か　ほととぎす
わが名をあげよ　雲の上まで
（ご辞世《じせい》の一首であろう）

洩れそうになった嗚咽を、平助は呑み込んだ。

義輝も鯉九郎も雨雲よりずっと上に昇って、燦々《さんさん》たる光の中に立つに違いない。

清々しきこの主従には、涙でなく、微笑みが似合う。

「坊《ぼん》たち、おなかは空《す》いておらぬか」

童たちに声をかけると、

「いつだって空いていよる」

ひとりが正直にこたえた。

平助は、鞍に結んでおいた打飼袋を外し、開いて、握り飯を見せる。五つだ。

「お食べ」

競うように童たちの手が伸びてきて、一瞬で打飼袋は空《から》にされた。

「うまっ」

「ごちそうや」

さっそく頬張った童たちの笑顔が弾けた。

「おおきに」

ぺこりと頭を下げたのは、いちばん小さな子である。

「礼はこちらが言いたい。おおきに」

平助は、れいによって丹楓の平頸を軽く叩いた。

丹楓が止めていた脚を送り出すと、にわかに、あたりは明るくなった。

雨があがって、雲間に太陽がのぞいたのだ。五月晴《さつきばれ》である。

束の間の光の中を、破格の人馬は疾走していった。

月《げっ》下《か》氷《ひょう》人《じん》剣《けん》

一

ぴいいっ……。

高く長く力強い鳴き声が、旻天《びんてん》に響き渡る。交尾を欲する牡鹿《おじか》が牝鹿《めじか》を呼んでいるのであろう。

山では、他の木々に先駆けて、桜が紅葉している。

巨岩、奇岩を散在させ、急湍《きゅうたん》が水煙をあげる渓谷が美しい。

山路《やまじ》から、その岩場へ、慌てたようすで下りていく者らがいる。軍装の武士が三人。

ふたりは、ざんばら髪で、顔が血と汗と埃とで薄汚れ、具足もあちこちが切れたり破れたりしている。兜と胴を着けていないのは、落としたものか、あるいは重いから捨ててしまったのであろう。

残るひとりは、烏帽子《えぼし》から流れる髪が腰のあたりまで届く。きりりと鉢巻《はちまき》を着けた顔が、色白で、どこかやさしげである。女だ。

「和耶《かや》姫さま。あの岩の陰に」

急湍に洗われる裾は抉《えぐ》れて、上部は川のほうへ屋根のように突き出している奇岩が見える。

抉れているところに、三人は身を縮こまらせた。かれらがいま辿ってきた山路からは死角の場所だが、冷たい川水に膝のあたりまで濡らさねばならない。

吐く息が、三人の口許で白く舞う。

馬沓《うまぐつ》が地を嚙む音、複数の足音、具足の軋みが聞こえてきたかと思うまに、三人の頭上でそれらは滞《とどこお》った。追手であろう。

武士のふたりは、息をとめて、和耶にうなずいてみせる。応じて、和耶も息を深く吸ってからとめた。

山路から人声が降ってくる。

「見失ったようだ」

「やり過ごされたのやもしれぬな」

「あるいは、もっと先か」

「おかしら。いかがなさる」

「いま少し先まで探してみようぞ」

追手は、ふたたび動きだした。

かれらの出す音が、遠ざかってゆく。

奇岩の陰で身じろぎもせずにいた三人は、ようやく安堵の息を吐いて、岩陰から出た。

「和耶姫さま。やはり、それがしの縁者がいる備中《びっちゅう》へ逃れ、そこでしばらく身をひそめて、成り行きを見成《みま》りましょうぞ」

武士の一方がすすめ、もうひとりもうなずいたが、和耶は強くかぶりを振った。

「いやじゃ。嘉門《かもん》と与兵衛《よへえ》は備中へ逃げればよい。妾《わらわ》はひとりでも出雲《いずも》へ往く」

備中行きをすすめた与兵衛がのけぞった。

ひたいに矢が突き刺さっている。そのまま、ゆっくりと後ろへ倒れてゆく。

「与兵衛」

嘉門が腕を伸ばしたが、間に合わない。ひたいを射抜かれた与兵衛は、川へ転落し、激しい流れに翻弄され、あっというまに下流へ遠ざかっていった。

嘉門と和耶は、頭上の山路を振り仰いだ。

弓を手にした大柄な甲冑《かっちゅう》武者が、鼻ひげの先を指で弄びながら、こちらを見下ろしている。

「楤木《たらき》狼之助《おおかみのすけ》……」

和耶は蒼ざめた。

追手の宰領の狼之助は、追われる者らがこのあたりに隠れたとみて、みずからはひそかに留まって、手勢を遠ざからせ、和耶たちの油断を誘ったに違いなかった。

狼之助に随従する足軽が、笛を鳴らした。

すぐにでも、手勢が皆、戻ってくるであろう。

嘉門は、和耶を背後に庇《かば》いながら、目で逃げ場を探した。

左右は岩場。後ろは、対岸に渡るのも不可能な急流である。といって、川へ飛び込み、流れに身をまかせるのは無謀にすぎよう。具足を着けたままでは、たちまち溺れる。あるいは、岩や流木に頭をぶつけて死ぬか。

「姫。いまなら、敵はまだふたり。上へ戻りまするぞ」

「あやつを討てるのか、嘉門」

「討てずとも、これしか手はござらぬ。それがしがどうなろうと、かまわずにお逃げになること。よろしいな」

まいる、と告げるや、嘉門は岩場を登りはじめた。和耶もつづく。

狼之助は、ふんっと鼻で嗤《わら》い、弓矢を足軽に預け、代わりに鎗を受け取った。飛び道具を使わずとも勝てるという自信のあらわれであろうか。

嘉門と和耶が、山路へ姿を現した。

山路の上のほうから、人馬の足音が聞こえはじめた。狼之助がわざと先行させた手勢が戻ってくるところだ。

「姫よ。この梛木狼之助勝盛《かつもり》が、そなたを思うさま犯してくれる」

「外道《げどう》めがっ」

嘉門が、陣刀を抜くやいなや、狼之助へ斬りつけた。

これを狼之助は、鎗の柄で難なく払って、躱《かわ》す。

つんのめって狼之助の背後へ転がった嘉門だが、そのさい、足軽の脚を薙《な》ぎ斬った。

ぎゃっ、と足軽はひっくり返る。

嘉門は、立ち上がって反転すると、ふたたび狼之助へ切っ先を送りつけた。が、対《あい》手《て》の躰には届かない。どころか、おのれの腹を鎗先にかけられてしまった。

嘉門は、鎗のけらくびを左手で摑んだ。

「姫、お逃げ下されい」

和耶が立ち竦んだのは一瞬のことである。気丈にも、よろめきもせず、足を素早く送って、狼之助と嘉門の横を駈け抜け、山路を下りはじめた。

狼之助は鎗を引こうとする。が、動かない。嘉門が最後の力を振り絞り、けらくびを強く握って放さないのであった。

「面倒な」

みずから鎗を手放した狼之助は、抜刀し、嘉門を真っ向から斬り下げた。

血しぶきを撒き散らしながら、それでも嘉門は、なおも狼之助を食い止めるべく、その躰にしがみつく。

「たいした忠義よ。褒めてやる」

からかうように言って、狼之助は嘉門の首を掻き斬った。

手勢が全員、戻ってきた。総勢三十人ばかりである。

「和耶姫は目と鼻の先よ」

口取《くちとり》の曳いてきた馬に跨がると、狼之助は馬腹を蹴った。

九十九折《つづらお》りの山路を五、六丁も下ったところで、狼之助率いる追手は和耶に追いついた。

谷側の路傍に大きな岩があって、どうしたわけか、和耶はその上に腰を下ろしている。

総髪を無造作に後ろで束ねた巨軀の男と、見たこともないような緋色毛の巨大な馬も、岩のそばで息《やす》んでいるではないか。

「汝《うぬ》は何者か」

鞍上から、狼之助は質した。

「ひとに名を訊ねるのに、馬上からというのはどうかな」

巨軀の男、魔羅賀平助はやんわりと非難のことばを返す。

「そのほう、殺されたくなければ、口のききかたに気をつけよ」

兵のひとりが、平助を怒鳴りつけ、梛木狼之助のことを、

「こちらは、石見《いわみ》の益田藤兼《ますだふじかね》さまのご家臣にて、ご武名高き品川大膳《しながわたいぜん》どのであるぞ」

と告げた。

「いまは、ゆえあって、梛木狼之助勝盛と名乗っているがな」

狼之助自身が、そう付け足して、和耶へにたりと笑いかけた。

「申し訳ない。それがし、田舎者にて、どちらの名も存じあげぬ」

あはは、と平助は笑った。

「無礼なやつだ」

「ゆるせん」

と兵たちがいきり立っても、平助がどこ吹く風で、

「それより、お急ぎのごようすと見受け申した。早々にお通りあれ」

などと山路へ腕を差し伸べたりするので、

「ふざけるな。早く和耶姫を寄越せ」

ついに狼之助も気色ばんだ。

「はて、姫とは」

あからさまにとぼける平助に、狼之助も兵たちも、なかばあっけにとられる。

「そこの女子にきまっておろう」

兵のひとりが指さした岩の上を見て、平助はまた笑った。

「ひどい人違いにござるなあ。それがしの弟にござるよ」

いましがたまで秋の深山の景色を眺めながら、日野川《ひのがわ》沿いの山路をゆったりと登っていた平助であったが、必死の形相で駈け下ってきた武者姿の女と出くわし、助けを求められた。女は、和耶と名乗り、江美《えび》城の城主蜂塚《はちづか》右衛門《うえもんの》尉《じょう》のむすめであるという。

中国山地に源を発し、伯耆《ほうき》国を南から北へ流れて日本海に注ぐ日野川の、ちょうど中間あたり、最も大きく蛇行する地点が江美で、出雲街道の要衝であった。平助と和耶が遭遇したところから、五里ばかり北の地である。

急いでいる和耶が一方的に早口で語ったところによると、尼子《あまご》氏に属す父の蜂塚右衛門尉は、毛利《もうり》勢の杉原盛重《すぎはらもりしげ》の攻撃をうけ、昨日、城を枕に討死を遂げたそうな。備中から山越えで伯耆へ入ったばかりの平助は、江美城の合戦のことは知らなかった。

和耶自身は、武芸達者の二名に警固されて城を脱し、尼子氏の本拠である出雲の富《と》田《だ》城をめざすことにしたのだが、たったいま追手に発見され、警固人たちを討たれ、わが身ひとつで逃げる途次であるという。

平助のほうはまだ和耶に名乗ってもいない。名乗る前に追手がやってきてしまったからである。

「和耶姫を渡さぬつもりか」

狼之助の声が殺気を帯びる。

「弟と申し上げた。お手前方のように物騒な連中に、弟を渡さねばならぬいわれはないと思うが」

「愚かなやつだ。いささかは腕におぼえの者であろうが、たったひとりでこの人数に勝てるはずがあるまいに」

「そちらも、たった三十人ばかりで、それがしに勝てるとお思いか」

平助は、岩に立てかけてある傘鎗を手にするや、前へ突き出し、笠の部分をぱっと開いた。

兵らが、たじろぐ。

回転を始めた笠は、加速して、宙へ舞い上がった。

皆の視線が上空へ振られる。

踏み込んだ平助は、鎗を軽々と操り、柄と石突きをもって兵らを次々と倒してゆく。

半数を昏倒せしめたところで、平助は、元の場所へ退いた。息ひとつ乱していない。

平助の働きに目が釘付けとなっていた和耶は、ふいに頭上が翳《かげ》ったので、われに返った。そして、ふわふわと落下してきた笠を受けとめた。

馬上の狼之助も、残り半数の兵たちも、茫然として声もあげられない。

「和耶姫とやらをお探しなのでござろう。ご覧のとおり、ここにはおらぬゆえ、もはや往かれてはどうか」

平助が、狼之助を促した。

このうえ和耶の身柄引き渡しを要求すれば、こんどは皆殺しにされると恐怖したものか、兵たちは一様におもてをひきつらせ、縋《すが》るような目で馬上の狼之助を見た。退け、と命じてほしいのである。

口惜しさに唇を噛みながら、狼之助は平助に訊いた。

「汝の名は」

「魔羅賀平助と申す」

狼之助以下、皆が息を呑んだ。

毛利元就《もとなり》に一大飛躍をもたらした陶晴賢《すえはるかた》への乾坤一擲《けんこんいってき》の奇襲戦、厳島《いつくしま》合戦において、随一の手柄を立てた伝説的陣借り者、魔羅賀平助。

狼之助の主君の益田藤兼は、厳島合戦のころは尼子方の将であったが、その後、元就の二男吉川元春《きっかわもとはる》に降伏し、いまは毛利氏に属している。だから、狼之助らも、実際に平助の活躍を目にしたわけではないものの、その雷名は聞き及んでいる。

（この者が陣借り平助……）

それで和耶も、助け人のいまの働きぶりが納得できた。

「魔羅賀平助。そやつを討て」

和耶は、岩の上で立ち上がり、命じたが、

「弟が兄に命ずるものではない」

ぴしゃり、と平助からはねつけられてしまう。

「なに……」

家臣に命じて、それが必ず実行されることに慣れている和耶である。地団駄《じだんだ》を踏んだ。

「魔羅賀平助。汝が尼子方につくのなら、このままでは済まさぬぞ。おぼえておけ」

狼之助が、捨てぜりふを吐いて馬腹を蹴り、山路を下りはじめた。

兵たちも、ひとりひとりが、気絶している仲間を引っ担いで、狼之助のあとにつづいた。

「尼子につくと言ったおぼえはないのだがなあ……」

ぽりぽり、と頭を掻く平助であった。

「妾を下ろせ」

岩上の和耶は、あくまで高飛車《たかびしゃ》である。

平助は、苦笑しながら腕を伸ばし、姫さまを抱き下ろした。だが、和耶の足が地へ着いても、その躰を放さない。

「もうよい。離れよ」

それでも平助は、和耶を抱き竦めたままである。

「姫。ひとに命を助けてもらったのだ。返礼なさらねばなりますまい」

和耶のおもてが、怒りと恐怖とでひきつる。

「妾を手籠めにいたすつもりか」

「姫がそれで返礼となさるのなら、よろこんで」

「身を汚《けが》されるくらいなら、舌を嚙む」

「ご随意に」

「おのれ……」

男の腕の中で、和耶は暴れた。

平助はびくともしない。

やがて、和耶の目から涙が溢れた。

「女が泣けば、かえって獣欲を煽《あお》られる男もおりますぞ」

「犯したければ犯せばよい。必ず呪って、呪って、呪い殺してやる」

「いま何と仰せられた。お助けいただき、ありがとう存じました。さように聞こえ申したぞ」

「さようなことは……」

言うておらぬ、と和耶が口にする前に、平助は身を放した。

「されば、姫さまよりご返礼のおことばを頂戴いたしたゆえ、これにて」

平助は、和耶へにっこり笑いかけてから、愛馬丹楓の轡《くつわ》をとると、そのまま曳いて山路を上りはじめる。

二十歩ばかり進んだところで、後ろから声をかけられた。

「待ちゃれ、平助」

振り向いた平助の目に、まだ泣き顔ながら、何か覚悟をきめたようすの和耶の立ち姿が入った。

「妾を出雲の富田城まで送ってくれぬか」

「富田城は毛利の大軍に包囲されているはず。お命を永らえたければ、まだいささかは尼子の力の及ぶ因幡《いなば》あたりへお逃げになるのがよろしいのではござらぬか」

「富田城にはどうしても会わねばならぬ者がいるのじゃ」

「ご血縁か」

「許婚《いいなずけ》じゃ」

「許婚……」

意外の理由というべきである。

平助は、去年の秋、若狭で助けた熙子を思い出した。美濃生まれの熙子は、許婚の明智光秀に会うべく越前へ赴く途次、若狭国吉《くによし》城の粟屋勝久の家来たちにさらわれた。

しかし、目の前の和耶は、煕子と違って、命懸けで許婚のもとへ馳せつけるような女人とは思われない。

「よほど愛しいのでござるな」

「愛しいわけがあるまい。憎いのじゃ。あやつは、妾に一度会《お》うただけで、ことわりを入れてきた。理由《わけ》を知りたい」

「ははあ……」

なるほど、それならこのわがまま姫らしい、と平助はちょっとおかしくなった。

しかし、理由はただすまでもない。和耶に一度会えば、夫婦になりたくないと思う男の気持ちは、容易に察せられる。

「妾を恙《つつが》なく富田城まで送り届けてくれれば、こんどはしかと礼のことばを申す。そちは、妾から礼のことばをもらうのが嬉しいのであろう」

和耶が本気でそう思っていることは、どこかあどけなさの残る表情から明らかであった。

（この姫君は、わがままというより、子どものままなのかもしれない）

そう感じると、いまや落城で親兄弟、一族郎党を失ってしまったらしい和耶に、憐れをもよおした。

「丹楓。悪いが、女子をひとりのせてくれ」

平助は、愛馬に頼んだ。

二

川沿いの道に、丹楓を曳きながら、平助は右方を眺めやって言った。

「日のあるうちに着くことができ申そう」

馬上から、和耶も視線を送った。

山城が見えている。

富田城は、月を吐くという月山《がっさん》の山頂から周辺の支脈まで広がる大城郭である。西から北方にかけての麓《ふもと》に城下町が築かれ、その西側を飯梨川《いいなしがわ》（富田川）の流れが守ってくれる。残る方角も山に囲まれ、天然の要害というべきであった。

また、この地は、飯梨川を用いて中海《なかうみ》まで舟の往来が可能で、伯耆国米子《よなご》にも近い。さらに、飯梨川の渓谷が山陽道《さんようどう》へ通じるという交通の要衝でもある。

尼子経久《つねひさ》の時代には、山陰《さんいん》・山陽十一ヶ国を制圧した覇者の府城として、富田は殷《いん》賑《しん》をきわめた。

だが、経久の孫晴久《はるひさ》は、尼子一族の柱石として最強の軍事力を誇る新宮党《しんぐうとう》を、毛利元就の謀略にはまって、みずから滅ぼすという大愚行を犯し、尼子氏を一挙に衰退させてしまった。

晴久が没したころには、尼子氏はわずかに出雲半国の維持に汲々《きゅうきゅう》とするばかりで、その後《あと》を嗣いだ当代の義久《よしひさ》にいたって、すべての領国を失い、富田城に孤立するという転落ぶりであった。

「平助。夜を待たずともよいのか」

と和耶が訊いた。

「夜陰にまぎれて入城いたそうとすれば、毛利、尼子、いずれの兵に見つかっても、胡乱《うろん》な者とみられ、斬りつけられても仕方ないことにござるゆえな」

「そのほうならば斬り抜けられよう」

「姫は殺し合いをお望みか」

「戦国の世の武士ならば、殺し合うのは当たり前じゃ」

「されば姫は、お父上やご一族の死も当たり前だったと思われるか」

「…………」

押し黙り、唇を嚙んで、平助の巨《おお》きな後ろ姿を睨みつける和耶であった。

しばしの沈黙のあと、和耶が口を開いた。

「妾は尼子方の将のむすめ。そのほうは高名な陣借り者。富田城を囲む毛利方が、明るいうちのわれらの入城を見逃すはずがないではないか。暗くなるのを待つのが兵法じゃ」

「見逃してもらえなんだときは、それがしは、姫を吉川元春どのに差し出して、毛利に陣借りいたそう」

「なんじゃと」

おどろいた和耶は、鞍の上で思わず腰を浮かせてしまう。

吉川元春といえば、

「いくさは元春」

と軍事については元就から第一の信頼を得ている毛利随一の武功派である。この富田城攻めでも、事実上の総大将といってよい。

「平助。そのほう、端《はな》からそのつもりで……」

和耶は腰の短刀の柄《つか》に右手をかけた。

「馬上で抜くのは、やめられよ。丹楓に振り落とされましょうぞ」

平助が言い終わらぬうちに、丹楓は臀《しり》をちょっと上げ、後肢を浮かせざま、長い尾《お》髪《がみ》を鞭のようにしならせて、和耶の背を叩いた。

「け……獣の分際で、無礼なっ」

和耶が怒鳴りつけると、丹楓は後ろへ頸をまわして、にいっ、と皓《しろ》い歯をみせた。

「姫。人は馬に乗せてもらっている。馬が主《しゅう》、人は従《じゅう》にござる。従がいやならば、下馬して、みずからの足を使われよ」

すると、和耶は、憤然と下馬して、平助に命じた。

「平助が妾を背負え」

さすがの平助も面食らう。

「それがしに馬になれ、と」

「平助が主で、妾が従じゃ。それなら、不平はあるまい」

どうだと言わんばかりの和耶の表情を、平助は不覚にも可愛らしく思った。

「それより、毛利方に差し出されてもよろしいのか」

「主に従う」

どうやら和耶は、平助については肚《はら》を括ったらしい。信じるほかない、と。

(存外、素直な姫君だな)

あるいは、頼るべき人がどこにもいないから、和耶は必死なのであろうか。

富田城をめざすのも、一方的に婚約を破棄した許婚を問い詰めるためではなく、きわめて細いつながりでも、それに縋りたいというのが真の理由なのかもしれない。

平助は、和耶に背を向けて、腰を落とした。

こうして和耶を背負い、丹楓を曳いた平助は、やがて、道を扼《やく》する毛利勢の一隊に遭遇し、往く手を遮られた。

両肩に置かれた和耶の指先に力が入ったのを、平助は感じた。

「どこの何者か」

平助と丹楓の巨大さに、兵らは、おどろき警戒し、鎗衾《やりぶすま》をつくる。

「吉川治部少輔《じぶしょうゆう》どののご引見《いんけん》を賜りたい」

と平助は申し出た。吉川元春のことである。

「そのほう、牢人であろう」

物頭《ものがしら》とみえる者が、気色ばんで言った。

「いかにも、牢人にござる」

あっさり、平助はうなずく。

「牢人ごときが易々《やすやす》と吉川の殿さまに会えると思うているのか」

物頭も兵らも、あきれ顔になる。

「されば、それがしの名をお取り次ぎ願いたい。魔羅賀平助と申す」

「なに……魔羅賀平助とは、あの陣借り平助どのか」

「ひとはそのように呼ぶらしゅうござる」

尼子方の陰謀か何かかと疑うのか、物頭の警戒の眼差しはさらに強まる。

「お疑いなら、これを治部少輔どのにお見せになられよ」

平助が朱柄の傘鎗を差し出すと、物頭も兵らもびくっとしてあとずさった。

平助は、左手を高く掲げて無抵抗を示しながら、右手に持った傘鎗を、物頭の足許の地面へゆっくり横たえ、そして退がった。

恐る恐る傘鎗を拾い上げた物頭は、兵たちによく見張っているよう命じてから、駈け去っていった。

「平助、そのほう……」

耳許で、和耶が不安と怒りがないまぜの声を洩らす。やはり自分を毛利に売るつもりではないのか、と。

「主はそれがしではござらなんだか」

諭《さと》すように、穏やかに平助は言って、和耶を背中から下ろした。

待たされたのは、さして長い時間《とき》ではなかった。馬蹄の轟きが聞こえてきた。

白黒段々旗を翻す騎馬の一隊である。

平助を見張っていた兵たちは、仰天し、ただちに路傍へ身を避けて、折り敷いた。

「あれは……」

と訝る和耶に、平助は告げる。

「吉川元春どの」

「まことか……」

和耶のおどろきもひとかたではなかったが、無理もない。いまや安芸《あき》・備後《びんご》・周《す》防《おう》・長門《ながと》・石見の五ケ国を完全に版図《はんと》に収める大毛利において、弟の小早川隆景《こばやかわたかかげ》とともに「毛利の両川《りようせん》」と敬称される吉川元春が、一介の牢人者に会うため、みずから足を運んできたのだから。

下馬した元春が、足早に平助のもとへ歩み寄ってくる。若武者がひとり、平助の傘鎗を腕に掻い込んで付き従う。

「久しや、平助」

笑顔を弾かせる元春であった。

「伯耆国に魔羅賀平助が現れたという報告を受けてはいたが、まことであったのだな。それにしても、変わらぬのう」

「治部少輔どのはすっかり天下の名将になられましたな」

十年前の厳島合戦にさいして、平助が毛利に陣借りするに至ったのは、元春の子の鶴寿丸《つるじゆまる》の命を救ったことがきっかけであった。

「天下の名将などと、百万石の武人に褒められては面映《おもはゆ》いぞ。のう、次郎《じろう》」

元春は、随従の若武者を振り返った。

若武者が進み出て、傘鎗を平助の手へ戻す。

「魔羅賀どののおかげにて、かように成長できましてござる」

それで、誰であるのか、平助は気づいた。

「鶴寿丸どのか」

「いまは吉川少輔次郎元資《もとすけ》と名乗っており申す」

「美丈夫《びじようふ》になられた」

毛利元就は、吉川氏を乗っ取るべく、二男元春を吉川興経《おきつね》の養子に入れて後を嗣がせてから、興経とその幼い実子を謀殺している。恨みを含んだ興経の残党が、数年後に、渓川《たにがわ》で遊ぶ鶴寿丸を殺害しようとした。その場に偶々《たまたま》、平助は居合わせたのである。

「魔羅賀どのには、またわれらに陣借りしていただけるのでござろうや」

期待に目を輝かせて、元資が言い募る。

「さようであれば、祖父陸奥守《むつのかみ》の喜びはいかばかりかと存ずる。これより、それがしが本陣の洗合《あらわい》まで案内《あない》いたし申そう」

毛利陸奥守元就は、出雲攻略の本陣を、宍道湖《しんじこ》北岸の洗合に据え、そこから指令を発している。

平助が頭を掻くのを見て、元春が言う。

「次郎。平助がその気なら、われらに会うのに甲冑を着けていよう」

平助の兜も鎧も、丹楓の鞍に括りつけられている。

「それに、弱きを助けるのが魔羅賀平助。いまの毛利に陣借りをするつもりはあるまい」

「よもや、尼子に陣借りを……」

元資が眉をひそめた。

「益田越中守《えっちゅうのかみ》の家臣の品川大膳が、蜂塚の和耶姫を捕らえんとしたところ、魔羅賀平助を名乗る牢人に邪魔をされたと聞いているが……」

と元春は、平助の後ろに立つ和耶を見た。

「人けのない山路で三十人もの男たちに捕らえられては、いかような仕儀に至るかは目に見えており申すゆえ」

平助が言うと、元春は小さくかぶりを振った。

「敗軍の将の一族にはどのような災難が降りかかっても、やむをえぬこと。なればこそ、いくさは必ず勝たねばならぬ。それくらいは、平助もわきまえておろう」

「窮鳥懐《きゅうちょうふところ》に入《い》れば……。それだけのことにて、毛利に弓矢を向けるつもりはござらぬ」

「と申して、和耶姫をわれらに差し出すつもりで、これへ参ったのではあるまい。さようなことをいたすのは、平助らしくないからの」

「富田城に姫の許婚が籠城しており申す。親兄弟を失《うしの》うた姫にとっては、残された唯一の寄る辺」

「和耶姫を富田城へ送り届けると申すのか」

「さようにござる」

「平助、それはならぬ。おぬしは知るまいが、蜂塚の和耶姫は評判の美女。和耶姫が入城いたせば、籠城方の士気が上がろう。われらにとっては厄介なことだ」

「評判の美女とは気づき申さず……」

平助は、ちらりと和耶を見やった。

武者の装《なり》をしているため、女としての美醜を見定めがたいが、実は平助は初めから和耶の美しさに気づいていた。

「ちなみに、平助。和耶姫の許婚とは誰か」

「そう申せば、殿御の名はまだ姫から聞かされておりませなんだ」

また平助は和耶を振り返る。

「山中鹿介幸盛《やまなかしかのすけゆきもり》」

元春を睨み返しながら、和耶は昂然と言い放った。

「あの元気者か」

元春がちょっと笑う。といって、ばかにした笑いではない。そこから、あたたかさを、平助は感じた。

「平助。山中鹿介というは、尼子方随一の若き勇将でな。人望もある。それが妻を迎えるとなれば、籠城勢はなおさらに生気を取り戻そう。いよいよ和耶姫を富田城へ往かせるわけにはいかぬ」

「妾の申したとおり、夜の闇に紛れて城へ入ればよかったのじゃ」

平助を詰《なじ》った和耶だが、元春の鋭い視線を浴びて、微かに怯える。

「和耶姫、愚かなことを申されるな。われらの包囲網は目が細《こま》こうござる。夜陰でも見逃しはいたさぬ。さすれば平助は、われら毛利の兵を、おそらく幾十人と斬らねばなりますまい。さらには、守らねばならぬそなたをも刃の下にさらすことになる。なればこそ平助は、こうしてわがもとへ直談判にまいった。そこのところを、わきまえられい」

和耶は、さきほど川沿いの道を歩きながら、平助に同様のことを言われたのを思い出し、さすがに少しはこたえたのか、口を閉じた。

「治部少輔どの。よろしいか」

ふいに平助が、傘鎗で、川原を指し示した。

「ふたりだけで、ということか」

「さよう」

「いいだろう」

元春が先に、川原へ下りるべく、足を踏み出した。

つづこうとする平助へ、元資が待ったをかけた。

「魔羅賀どの。鎗と刀を」

すると、元春が振り向いて笑う。

「次郎。愚にもつかぬことをいたすな。鎗と刀を取り上げたところで、どうなるものでもないぞ。平助がその気になれば、拳の一撃でわしを殺せる」

「いや、次郎どののご懸念はもっともなこと。それがしの粗忽《そこつ》にござった」

平助は、まずは傘鎗を差し出す。

「もうよろしいのです。父が申したとおりにござる。魔羅賀どのを少しでも疑《うたご》うたそれがしは、恩知らず者。お赦し下されたい」

恐縮しきりの元資であった。

「されば、このままにて」

平助は、武器を身に帯びたまま、元春につづいて川原へ下り、ともに汀《みぎわ》まで進んだ。

そこでしばし交わされた元春と平助の会話は、瀬音に掻き消され、余人の耳には届かなかった。

ふたりは連れ立って道へ戻り、元春が供廻りの者らを呼んだ。

「魔羅賀平助と和耶姫を、城下の尼子方の陣へつつがなく送り届けよ」

元資も供廻りの者らも一様におどろきを隠せなかったが、何も言わない。元春がそう命じたからには、納得ずくに違いないからである。

平助は、手早く甲冑を身に着けると、丹楓の鞍にまたがり、和耶を抱き上げて、自身の前に横座りに座らせた。

息のかかる近さで、和耶が平助を睨んだ。先刻のように背負われるのならまだしも、男の股の間に抱え込まれるなど、辱めをうけるにひとしい。だが、平助に平手打ちを食らわそうとして挙げた手を、一瞬ためらったのち、引っ込めた。平助と元春との間でどのような談合がなされたのか、和耶には想像もできないが、この成り行きは、平助がよくやってくれたとしかいいようがないのである。

丹楓にまたがった平助と和耶は、元春の供廻りに警固され、城下へ向かって進み始めた。

「父上。魔羅賀どのは昔の見返りを求められたのでござろうか」

とうとう、たまりかねて元資が訊いた。

十年前の平助は、元資の命を救っても、厳島合戦で圧倒的な大手柄を立てても、そしていかに勧めても、何の恩賞も望まず、風のように去っていった。毛利は平助に大きな借りがあるというべきなのである。歳月を経たとはいえ、平助から借りを返せと言われれば、元春は応諾せざるをえまい。

「次郎。そなたのお祖父さまは、折りにふれて平助のことを語るとき、なんと仰せられている」

「魔羅賀平助こそ武人《もののふ》の鑑《かがみ》である、と」

「十年も前の恩だの、借りだのを持ち出すような男ではないということよ」

遠ざかる平助の背を見送りながら、元春は微笑んだ。

（毛利はまたおぬしに借りができるな……）

三

和耶は、富田城本丸御殿の会所のほぼ中央に座し、傍らに平助を控えさせている。

平助は、愛刀志津三郎を腰の右側に置き、兜を脱いだ姿である。

上段之間だけが空いており、ほかの三方の敷居際には具足姿の尼子の将たちが多数、居流れる。

日が落ちたので、室内には明かりが灯されている。

皆は一斉に平伏した。尼子義久が幾人かを従えて入ってきたのである。

上段之間に腰を落ちつけた義久が、

「蜂塚の姫と魔羅賀平助じゃな」

みずから声をかけてきた。

「近《ちこ》う」

促されて、和耶と平助は上段之間の間近まで進んだ。

「蜂塚の姫。右衛門尉のことは、予《よ》も無念じゃ。なれど、そなたはよう生き永らえた。この月山富田城は、天下の堅城ゆえ、元就ごときに決して落とされるものではない。心安んじて留まるがよいぞ」

「お屋形さまは、なにゆえ江美城へ後詰めをお遣わし下さりませなんだ」

義久の心遣いに対して、和耶が、礼を言うどころか、いきなり詰《なじ》るようなことばを吐いたので、列座の一同は唖然とする。

「無礼者。分《ぶん》をわきまえよ」

怒鳴りつけたのは、義久に随従して入室してきた者らのひとりで、大塚与三右衛門《おおつかよそうえもん》という。晴久・義久二代にわたり側衆《そばしゅう》をつとめて、重用されている。

「わが父は、尼子のために戦い、命を落としたのでございます。お屋形さまには、おこたえになる責めがおありと存じます」

いささかも怯《ひる》まない和耶であった。

(たいしたものだな……)

平助は意外の感を抱いた。いかに高慢ちきな和耶でも、さすがに尼子の当主の前では殊勝に振る舞うであろうと思っていたからである。

和耶の言い分は正しい。

義久のおもてに苦渋が滲んだ。

「お屋形さまにさような責めは断じておありではないわ」

はねつけた与三右衛門だが、

「大塚どの。女子を対手に、そのように声を荒らげることもあるまい」

同じく随従者のひとりから、たしなめられて、おとなしく引き下がった。

「蜂塚のご息女。右衛門督《うえもんのかみ》どのが江美へ後詰めをお遣わしにならなんだは、ご神託が凶と出たからなのだ」

右衛門督とは、尼子義久のことである。

「ご神託……」

和耶はきょとんとする。

「これにおわす御方は、善法寺輝信《ぜんぽうじきしん》どの。将軍家のお使者で、石清水《いわしみず》八幡宮別当《べっとう》家のご一族でもあられる」

後詰めが遣わされなかった理由を明かした者を、与三右衛門がそう紹介した。

石清水八幡宮といえば、源氏《げんじ》が氏神と仰いで以来、武家の尊崇《そんすう》が第一で、足利将軍もしばしば参詣《さんけい》している。

「畏《かしこ》くも、輝信どのが八幡神より託されたお告げは、まことに正しく、毛利方は後詰めを待ち伏せて討つかまえであった、と江美城落城の翌日に知れた。やむをえざる仕儀であったと得心いたすことだ」

与三右衛門が和耶に言い、輝信もうなずいてみせた。

籠城勢の中には、出雲大社や日御碕《ひのみさき》神社などの社人たちも混じっているが、これは義久が毛利を破るための神助《しんじょ》をあてにしているからであった。

軍師などという者も、実際にはいくさの吉凶を占うのが主たる役目であったくらいで、戦国武将が神頼みをするのは、いささかもめずらしいことではない。だが、このころの義久は度を越していた。よほど毛利の圧迫がきつかったのであろう。

「笑止」

と和耶が斬りつけるように言った。

「神のお告げなどをお聞きになる暇《ひま》がおありなら、毛利の策を見抜いて逆に討伐なされてこそ、あっぱれ、尼子経久公のお血筋にあられるのではございませぬのか」

この場で手打ちにされても仕方のない申し状というべきである。義久も輝信も顔色を変えた。

「小娘。覚悟の上の雑言であろうな」

激怒した与三右衛門が、陣刀をとって立ち上がった。

「お斬りなされますのか」

和耶は睨み上げる。

「申すまでもないわ」

与三右衛門の抜きつけの一閃が、和耶の頭上へ降らされた。

が、血も悲鳴も噴き上がらなかった。刃が和耶の脳天へ届く前に、平助が与三右衛門の両肘を下から押さえたのである。

「な……何をする。放せ」

「放せ、と言われたか」

「そうだ」

「されば……」

平助は、押し放した。

与三右衛門は、大きく後ろへ吹っ飛んで戸をぶち破り、廊下へ転がり出た勢いのまま庭先へと転落した。

冷たい風が音たてて吹き込んできた。

列座の将は色めきたち、ほとんどの者が陣刀の柄に手をかけたが、

「お静かに」

平助の一喝に、びくっと身を竦ませる。

「それがしがいま素手にて立ち向かいしは、皆様方への警《いまし》めにござる。次は、刃をもってお対手いたす」

平助は、志津三郎を鞘ごと左手にとった。

多勢のほうが怯んだ。

厳島、桶狭間《おけはざま》、川中島《かわなかじま》など、天下に聞こえた大合戦で、ことごとく第一の手柄を立てたといわれる魔羅賀平助。川中島では、平助ひとりで、強者揃いの上杉《うえすぎ》勢を五十人、いや百人斬ったとも伝わる。それも、瞬時に。

「魔羅賀平助。おぬし、それで尼子に陣借りいたそうというのか」

誰かが、少し声をふるわせながら言った。

「それがしは、とうに陣借りいたした」

「よもや、毛利に……」

「思い違いなさるな。魔羅賀平助は和耶姫の御陣を借りており申す」

「なに……」

誰もがあっけにとられた。女に陣借りするなど、聞いたことがない。

和耶も、ぽかんとして平助を見ている。

「女人に陣借りいたすは、これが初めてのことではござらぬ」

和耶へ、声を落として言ってから、平助はにこっと笑いかける。

「双方、退《ひ》かれい」

腹に響く声がした。

この騒ぎにも動じない者が幾人かいたが、そのうちのひとりで、上席に近い者である。平助も最初から、これはなかなかのお人、とみていた。

皆、刀の柄にかけていた手を放す。

「いくさでは、誰もが気が立ち、思いのままを口にいたすなど、よくあること。まして蜂塚の姫は、一族が城を枕に討死したばかり。いささかの恨み言を吐き出したとて、何の咎《とが》をうけねばならぬというのか」

「立原《たちはら》どの。おぬし、お屋形さまへの悪口《あっこう》に何の罪もないと……」

庭先で、ようやく立ち上がった与三右衛門が、痛みで顔をしかめながら、なかばあきれたように言う。

すると、中老《ちゅうろう》の立原源太兵衛《げんたびょうえ》久綱《ひさつな》は、じろりと与三右衛門を睨み返して、怯ませた。

「源太兵衛どのの言われたとおり」

と同調する者があった。

これも騒ぎに動じなかったひとりで、平助が会所に入ってきたときから、なぜかずっと愉しげな表情をみせていた者である。

「ただ、それでもお屋形さまより、いまこの場にて蜂塚の姫と魔羅賀平助を討てとご下命あらば、この熊谷新右衛門《くまたにしんえもん》、ためらいなく刀を抜き申そう。ただし、陣借り平助どのが対手では、刃を二合《ごう》、いや一合することすら叶わずとも、お笑い下さるな。彼我《ひが》の力の差は天と地ほどの開きがござるゆえ」

列座の将がいままで以上に動揺を露わにした。

平助は知らないが、熊谷新右衛門というのは、尼子の家臣きっての豪勇をうたわれる武辺者なのである。その新右衛門が、自分ではまったく歯が立たない、と闘う前から諦めたのだ。皆がうろたえたのは当然であろう。

「お屋形さま」

立原源太兵衛、熊谷新右衛門と同じく、こちらもまた動じることのなかった最上席の者が、義久へ向き直った。筆頭家老の宇山飛騨守久兼《うやまひだのかみひさかね》である。

「美貌の誉れ高い蜂塚の息女と天下の陣借り平助の入城を、足軽・雑兵にいたるまで喜び、士気が上がりましてござる。この場の両人の無礼は、ご寛恕《かんじょ》を」

義久は、困惑げに、ちらりと与三右衛門を見やってから、善法寺輝信に視線を振って、訊ねた。

「輝信どの。吉凶は」

「当月の右衛門督どのは、お心を平《たい》らかになされば、運気、必ず上がり申す」

「さようか」

輝信のこたえに、義久は愁眉《しゅうび》を開く。

「されば、飛騨守。両人の無礼を恕《ゆる》す」

告げるなり、義久は立って、出ていった。輝信も、庭から上がった与三右衛門もつづく。

飛騨守が小さく溜め息をついたのを、平助は見逃さなかった。

列座の者らも、三々五々《さんさんごご》、会所をあとにしはじめる。

この折り、庭先から駈け上がってきた者がいる。

「魔羅賀平助どのはおわすか」

体躯雄偉《たいくゆうい》で、ひげも濃いが、豊頬《ほうきょう》とくりくりした眼《まなこ》になんともいえぬ愛嬌のある若武者である。

「それがしが魔羅賀平助にござる」

名乗ると、若武者は大股に寄ってきて、平助の両手をとって振り立て、

「嬉しや、嬉しや。天下の陣借り平助どのにお会いできるとは。ああ、仕合わせじゃ、仕合わせじゃ」

と文字通り小躍りした。

「お手前は……」

対手の喜びが伝わり、平助も、思わず微笑しながら、名を訊いた。

「山中鹿介幸盛と申す」

和耶との縁組を断った許婚ではないか。平助は和耶を見た。

その視線を追って、鹿介も和耶の存在に気づいた。

「やあ、和耶どの。ご無事にあられたか。重畳《ちょうじょう》、重畳」

なんの屈託もなさそうにそう言っただけで、すぐに平助へ視線を戻す鹿介であった。

「魔羅賀どの。この月山では、ぜひともわが茅屋《ぼうおく》に起居していただきたい。さあ、参

りましょうぞ」

「待て、鹿介。魔羅賀どのは、おれが預からせてもらう」

ふたりの間に割って入ったのは、新右衛門である。

「何を申すか、新右衛門。おれが常々、魔羅賀平助どののような武人になりたいと申していたのを、知らぬおぬしではあるまい」

「それは、おれとて同じではないか」

「思いは、おれのほうが強い」

「吐《ぬ》かすな」

恋人でも奪い合うように新右衛門と揉める鹿介を、和耶は物凄い形相で睨みつけてから、憤然と背を向けて出ていってしまう。

「源太兵衛。蜂塚の姫は、おぬしが預かってくれるか」

と飛騨守が頼んだ。

「承知いたした」

源太兵衛も、座を払って、和耶を追った。

「鹿介。そのほう、昨日も本日も城におらなんだようだが、どこへ行っていた」

まだ新右衛門と揉めている鹿介へ、飛騨守が眉をひそめて言う。

「毛利元就を討てぬものかと、洗合まで」

真顔《まがお》で鹿介はこたえた。

「阿呆が。なんという危ういことを」

「ご家老。鹿介の返答は戯《ざ》れ言《ごと》にござる」

庭から上がってきた、鹿介と年齢の近そうなもうひとりの若武者が、にやにやしながら告げた。

「そう申せば、伊織助《いおりのすけ》。そのほうの姿も見なんだぞ」

飛騨守の眉根にさらに皺が走る。

「江美城の落城を聞き、鹿介が和耶姫の安否をたしかめたいと申すので、ひとりで往かせるわけにもまいらず、同道したのでござる」

不在理由の真実を、秋上《あきあげ》伊織助はそう明かしたのである。

(どうやら山中鹿介は、和耶姫を嫌って縁組を断ったのではないようだな……)

照れ笑いをみせる鹿介に、好感を抱く平助であった。

それにしても、さすがに一時は山陰・山陽十一ヶ国を制した尼子氏である、と平助は感じ入った。もはや勝ち目はまったくなく、すでに毛利に降《くだ》った者らも数知れないのに、それでも清爽の気を失わない家臣が、こうしてまだ幾人も残っているのだから。

四

平助は、鹿介とその従者らの案内で、月山の山頂から北へ、尾根伝いに下りた。

その尾根径《みち》を抜けると、新宮谷《しんぐうだに》へ出る。

山中鹿介の屋敷は、尾根径の出入口を扼すところにあった。

月山全体が籠城中なので、鹿介の屋敷外にも警固兵が配され、篝火《かがりび》を焚いている。

夜というのに、賑やかな談笑の声が聞こえてきた。

「鹿介が戻ったぞ」

鹿介は、警固兵らに誰何《すいか》される前に、みずから大きな声を発した。

「おお、殿が戻られた」

「おふくろさま。殿が戻られましたぞ」

屋敷内へ、あるじの帰邸が伝えられる。

夜目の利く平助は、建物から何からほとんどが壊れかけているのを見てとった。

「随分と修繕いたしたのでござるが、なにぶん素人普請にて」

鹿介は明るい声で言う。

四月に毛利の総攻撃を浴びたさい、この屋敷も蹂躙《じゅうりん》されたのであろう、と平助は察した。

その合戦では、籠城勢が攻城勢を押し返している。ために、富田城は容易に落ちないと判断した元就が、その後は一挙の強襲を避けて、自身も洗合の本陣へ戻ったままである。

玄関へ達すると、すでに奥から出てきた人たちが、そこで待っていた。

「お帰りなされませ」

着物は継《つ》ぎ接《は》ぎだらけのひどく薄っぺらなものなのに、それでも品よく見える佇まいの女性《にょしょう》が、にこやかに言った。

鹿介によく似ている。一目で、生母と知れた。

「鹿介どの、なにゆえわれらを同道させてくれなんだ」

「水臭《みずくそ》うござるぞ」

「そうじゃ」

「そうじゃ」

二十人ばかりいる若侍が一斉に鹿介に詰め寄った。

かれらが、鹿介の生母とは対照的に、いずれも真新しいとみえる布子《ぬのこ》を着ているのが、平助には不思議に思われた。

「私事であったのだ。おぬしらに助けてもらうわけにはいかぬ」

鹿介は、若侍たちにかぶりを振る。

「それが水臭いと申すのでござる。われらは鹿介どののお役に立ちたいのだ」

「そのとおり」

山中鹿介はどうやら他家の若侍たちにまで大いに慕われているらしい。

「それより、今夜は、皆を仰天させるお人にお越しいただいたぞ」

自慢げに、鹿介が平助を振り返った。

出迎えの人々も平助を注視する。

「魔羅賀平助どのにあられる」

若侍たちは、ひとしく、ぽかんと口を開け、目をぱちくりさせた。

「あの陣借り平助どの……」

ひとりがそう言った途端、上を下への大騒ぎである。

こうして平助は、山中屋敷に起居することとなった。

翌日からも連日、多くの若侍が山中屋敷を訪れ、武勇伝を語ってくれるよう平助にせがんだ。しかし、平助は、おのれのいくさ話はせず、廻国中に体験、見聞した様々の面白きことを語ってきかせた。ただ、武芸については、請われるままに教授した。馬、弓矢刀鎗、鉄炮、組討《くみうち》、いずれをとっても、おそるべき技をいともたやすくやってみせる平助に、誰もが驚愕し、憧れた。

「魔羅賀どのが十人おられれば、毛利三万の軍勢を打ち破ることができるのではないか」

などと本気で言う者もいた。

立原源太兵衛、熊谷新右衛門、秋上伊織助らも、山中屋敷へ遊びにきた。

鹿介にとって、源太兵衛は母の弟で、新右衛門と伊織助は親友という関係から、もともと交わりは深いのだが、この三名も平助と親しく語り合うことと、武芸の手ほどきを望んだのである。

平助が山中家に落ちついて数日後、中秋《ちゅうしゅう》の名月《めいげつ》を見ることができた。

鹿介は中秋の名月の夜に誕生したそうで、以後、毎年この夜は、山中家伝来の三日月の前立《まえだて》の兜を月へ向け、主従うち揃って祈りを捧げるのが、山中家のならわしであるといい、平助も参加した。

月を神として崇《あが》める信仰は、古くからある。天照大神《あまてらすおおみかみ》の弟の月夜見尊《つきよみのみこと》が、月神として伊勢の地に祀《まつ》られている。

だが、平助は意外に思った。

（鹿介どのは、月よりも日が似合う）

さらに平助にそう思わせたのは、鹿介が月に向かって唱えたことばであった。

「願わくは、吾《われ》に七難八苦を授けたまえ」

あらゆる艱難辛苦《かんなんしんく》を受け、これをすべて克服しなければ真の武人ではない、と信じているらしかった。

風貌や普段の言動の明るさとは裏腹に、存外、山中鹿介とは感傷的な男なのかもしれない。あるいは、豊かすぎる詩心の持ち主なのか。

「さあ、魔羅賀どの……」

祈りを終えると、鹿介の母なみが、笑顔で提子《ひさげ》を持ち上げた。

「されば、一杯だけ頂戴いたす」

平助が差し出した盃に注がれたのは、しかし、酒ではない。水である。

毛利勢に糧道《りょうどう》を断たれたので、酒など手に入らない。飲み水ですら貴重なのである。

「当家にとってめでたき夜にございますゆえ、たんとお呑み下さいまし」

「かたじけない」

山中家では、家来の端々まで明るく、主従の絆も強い。他家の者も、慕って訪れたがる。

人々を惹きつけてやまないのは、鹿介もそうだが、それ以上に、なみという女性がいればこそ、と平助はいまでは知っている。

平助が山中家にきた最初の夜、あるじの鹿介が不在なのに、他家の若侍たちが気軽に訪れて、なみを囲んで談笑中であった。翌日、鹿介の家来から聞いたところによれば、かれらは皆、家格が低く貧しい家の二、三男だという。本来なら、尼子氏二代目の当主清定《きよさだ》の弟の末である山中家に、出入りを許される者らではない。それを、なみは、出入りさせるばかりか、泊まらせたり、朝夕の食事の世話をしたり、とわが子も同然に可愛がる。だから、かれらは、いくさのときは、鹿介に頼まれなくとも望んで山中陣へ馳せ参じ、余人にも、山中鹿介の手の者にて何の某《なにがし》、と名乗るそうな。また、若侍たちが着ていた真新しい布子も、なみ自身が縫ったもので、素材の麻もみずから植えて育てている。さらになみは、鹿介に対しても、決して手柄を独り占めせぬように、たとえ負けいくさでもおのれに従う者を捨て殺しにせぬように、と戒めているのである。

（見事なものだ……）

これほどの母親は滅多にいるものではない。なみを姑《しゅうとめ》と仰いで学べば、和耶も変わるかもしれない、と平助は思った。

「鹿介どの」

まんまるの月を眺めながら、平助は、あえて不意を討つように言った。

「おこと、和耶姫を好いておられよう」

「あ……いや……」

隠そうとしても、鹿介のうろたえぶりが伝わってくる。

「和耶姫に一度会《お》うて、雷《いかずち》に打たれでもしたように、躰じゅうがふるえた。さように察しており申す」

「それがしは……」

「好いた女子なればこそ、江美城落城と聞いて矢も楯もたまらず、安否をたしかめに往かれた」

「降参いたす。魔羅賀どのが通じておられるのは、武芸の道ばかりではないのでござるな」

あっさりと鹿介は認めた。この若者らしく、潔い。

「おことは、どれほどの苦難が待ちうけていようと、生涯を尼子に捧げる所存。それでは、妻になる女子は憐れ。好いた女子ならば、なおさらのこと。そのようにお考えか」

「魔羅賀どのの眼は、千里眼にござろうや」

「そういうのを、英雄気取りと申す」

「それがしが英雄気取り、と……」

少し不服げな顔をする鹿介であった。

「鹿介どのがどのような男であれ、妻となって連れ添うや否《いな》やをきめるのは、和耶姫であって、ほかの誰でもない。むろん鹿介どのでもない」

「妻を娶《めと》り、守らねばならぬのはそれがしゆえ、それがしの思いこそ第一と考えるのは、当然ではござらぬか」

「それは、女を男より劣るとみる考え」

「武家では男があるじにござる」

「されば、鹿介どのは、なみどのにとってもあるじなのでござるな」

「それは……」

当主になった時点で、親兄弟に対してもあるじとなるのが武家社会である。しかし、幼少時に父を失い、病弱だった兄より家督を譲られた鹿介にとって、なみはやさしい母であり、厳しい師でもある以外のなにものでもない。あえて主従をきめるのなら、なみこそが主である、と鹿介は思う。

「鹿介どのの和耶姫への思いのいちばんは、恋しい……ではござらぬか」

大きな躰を縮こまらせて、鹿介がこくりとうなずいた。

（なんと素直な若者か……）

おかしくなってしまった平助だが、辛うじて怺えた。

代わりに、夜空の満月が、咲《わら》ったごとく輝きを増した。

五

月があらたまって、九月に入った。当時の暦では晩秋であり、月山も周辺の山々もすっかり紅《あか》や黄に色づいた。

城下を守る天然の濠《ほり》として、南から北へ流れる飯梨川は、ここらでは富田川と称される。

その富田川の右岸沿いに設《しつら》えられた馬場で、何やら愉しげに唄いながら、ひとり悠然と乗馬《じょうめ》の手綱をさばく者がいる。

山中鹿介であった。

危地というほかない。なぜなら、左岸の向こうには毛利勢が布陣しており、手錬者《てだれ》の銃手が汀まで寄って発炮すれば、鹿介に命中させるのは難しくないからである。鉄炮の射程圏外であろう場所から、これを望見する一隊もいる。その中には、熊谷新右衛門と秋上伊織助の姿も見える。

「無茶をいたすわ」

「あれが鹿介という男よ」

親友ふたりは、おかしそうに笑った。

左岸の汀へ、毛利兵たちが不審そうに寄ってきはじめた。鹿介があまりに堂々としているので、弓・鉄炮を射放つ前に、その理由を知りたいのかもしれない。このところ膠着状態がつづいて、倦《う》んでいる者が少なくないせいであろう。馬場と対面する左岸の岸辺一帯は、ほどなく、見物の毛利兵でぎっしり埋め尽くされた。

指笛であろうか、どこかで鳴った甲高いその音が、晩秋の冷気をふるわせた。

鹿介にとって、それは平助からの合図であった。

鹿介は、馬の歩みをとめて、その鼻面を対岸へ向けるや、大音声《だいおんじょう》に告げた。

「吾は尼子武士、山中鹿介幸盛である。ちかごろ、毛利方に、大言《たいげん》を吐く者がいると聞いた。一騎討ちならば、この鹿介を討ち取るなど、赤子《あかご》の手をひねるがごときものと」

そこでいったん、ことばを切って、敵勢をゆっくり見回してから、

「片腹痛し」

呵々《かか》と哄《わら》う鹿介であった。

「武士に二言なきを証したければ、出《いで》よ、品川大膳」

すると、応っ、と咆哮《ほうこう》が返ってきた。

毛利兵たちの間を割って、馬上の甲冑武者が左岸の汀まで進み出た。

「先にひとつ、申しておく。吾は、品川大膳あらため、樶木狼之助勝盛である」

「わざわざの改名、理由を知っておるぞ。鹿の角《つの》を落とすは樶。鹿に勝つは狼。幸盛に勝つは勝盛。そうであろう」

春に鹿の角が落ちるのは、樶の新芽を食べるためという。

「よう分かったな。褒めて遣わそうぞ」

余裕の笑みを浮かべた狼之助だが、

「臆病者」

と鹿介に嗤われる。

「いくさでは敵《かな》うべくもないゆえ、せめて名だけでも勝ちたいと思うたのだな、兎之《うさぎ》助どの」

故意に、狼を兎と言い間違えた鹿介である。兎というのは、敵に遭遇すると、一散に逃げるほかの手段を持たない。

月山に哄笑が噴き上がった。

いつのまにか、中腹から麓にかけてのあちこちに、籠城衆が多数、見え隠れしていたのである。

和耶も、中腹の眺望の利く丘から、見下ろしている。ちょっとした見世物《みせもの》がある、と平助に連れ出されたのであった。その平助は、立原源太兵衛とともに、傍らに立つ。

鹿介と狼之助は、その後も、しばしことばの刃で斬り結び合ってから、実際に一騎討ちする日時と場所を取り決めた。

九月二十日、富田川の中洲《なかす》にて。

決闘が行われるのである。見物人は、敵味方とも、昂奮して声を上げる者が少なくなかった。

「最後に申し添えん」

と鹿介は一層、声を張った。

「樒木狼之助よ。実は、それがし、おぬしが大言を吐いたことに恨みはない」

「一騎討ちときまった途端に、弱気になったようだな。それとも、こちらを油断させんとの魂胆か」

「蜂塚の和耶姫がおぬしを討ちたいと思うている」

「なに……」

和耶は、最後の最後まで自分を警固してくれた与兵衛と嘉門という忠義の家来を、面白がるように殺した狼之助がのうのうと生きていることが、口惜しくてならない。

そのことを、和耶の身を預かる源太兵衛から聞かされた鹿介なのである。

「その和耶姫に、それがしは恋をしている。恋しい女子の望みを叶えたい。これほど心の浮き立ついくさは、生涯に一度あるやなしや。まこと、この山中鹿介は果報者であることよ」

鹿介は、満面を崩して、歓喜の笑い声を振りまいた。

これを受けて、月山に、大歓声が起こり、わんわんと響き渡る。

「やりおる、鹿介」

中腹の丘から眺める源太兵衛も、愉快そうに笑う。

平助は、ちらりと和耶の横顔を見やった。その艶やかな頬が、山々と同じく、紅《べに》を散らしている。

和耶と鹿介は、和耶が富田城に入城した日に会所で顔を合わせて以後、一度も会っていない。しかし、鹿介が縁組を断った真の理由も、江美城落城の報《しら》せに鹿介が起こした行動のことも、すでに平助から源太兵衛を通じて和耶に明かしてある。

平助の視線に気づいた和耶が、にわかに眉を上げ、つんと鼻先も上げてから、くるりと富田川に背を向けた。

「平助。あの者に楤木狼之助が討てるのか」

口調だけは冷たいが、和耶が本当は鹿介の身を案じているのは、平助には手にとるように判る。

「はて、あの者とは……」

平助が惚《とぼ》けると、和耶は怒ったように腕だけ後ろへ振って、富田川沿いの馬場のほうを指さした。

「熊谷新右衛門どのかな……それとも、秋上伊織助どのか」

「鹿介じゃ」

苛立った和耶は、地面を踏みつけた。

よき兆し、と平助は安心した。和耶のような気位の高い女性が、男へ想いを抱いてしまった途端、かえって、その男の名を口にするのを恥じらいだすことは、めずらしくない。

「さあて、いずれが勝つか……」

また平助は惚ける。

「平助は狼之助にも会うておるではないか。そちのような武芸錬達の者は、対手を見ただけで、力のほどを見抜けるはずぞ」

「それがし、初めて姫にお褒めいただいた」

「平助のことはよい。妾の訊ねたことにこたえよ」

「互角にござる」

「されば、相討ちになるとでも」

「守り神の強きほうが勝利いたそう」

「神のご加護を申しておるのか」

「さよう……」

平助は、和耶に触れそうなところまで寄って、耳許で囁いた。

たちまち、和耶の顔色が変わる。

「痴《し》れ者《もの》っ」

平助の頰に平手が飛ばされた。

和耶は、かんかんになって、大股に歩き去った。

「痛そうにござるなあ……」

呻いて頰を押さえる平助に、源太兵衛が同情する。

ひひひ、と平助はおもてをひきつらせながら笑った。

六

風は冷たいが、よく晴れた朝である。

城下の富田川両岸一帯に、尼子勢、毛利勢の大半が群がり集まり、山中鹿介と棇木狼之助の一騎討ちの開始を、いまや遅しと待っている。

右岸の群衆が左右に割れ、そこにできた道を、馬上の鹿介がゆったりと進み出てきた。

おおっ、とおどろきのまじった歓声があがる。

三日月の前立と鹿角の脇立《わきだて》を配した山中家伝来の兜をつけ、鎗を掻い込んだ鹿介の乗馬《じょうめ》は、緋色毛の巨馬であった。天下の陣借り者、魔羅賀平助の愛馬、丹楓である。

「明日は、丹楓に乗られよ」

前日に、平助が申し出てくれたのである。否《いや》が応にも、鹿介の士気は高まった。

鹿介が群衆を抜け出たところで、馬前へ回り込んだ者がいる。

辻ケ花染《つじがはなぞめ》の小袖《こそで》に身を包んだ、えもいわれぬほど清らかな女人である。

「和耶どの……」

急ぎ下馬しようとする鹿介を、

「そのまま」

と和耶は制した。声もやさしい。

和耶みずから、鹿介の馬側《ばそく》へ歩み寄る。

「この小袖は、お母上より頂戴いたしました」

「母上とは、それがしの……」

「はい」

鞍上から後ろを振り返った鹿介は、なみの微笑みを、すぐに見つけることができた。

和耶は、懐より何やら取り出し、鹿介を仰ぎ見て、それを差し出した。

「よき香りがいたすが、これは……」

「守り袋にございます」

「それがしのために……」

「わたくしが縫いましたので、拙《つたな》きものにございます」

「何よりのこと」

手渡された守り袋を、鹿介はおのれの鼻へ近寄せ、あらためて香りを吸い込んだ。

あっ、と和耶は真っ赤になってうろたえかけたが、人々の視線を気にして俯《うつむ》いた。

「和耶どの」

鹿介に呼ばれて、慌ててまた、おもてを上げる。

「わがいくさぶりをお気に召されたときは、あらためて許婚になっていただけようか」

「いやでございます」

きっぱりと和耶がはねつけたので、尼子方の見物衆に、落胆のどよめきが広がる。

それが収まったところで、和耶は鹿介にあらためて告げた。

「わたくしは、山中鹿介幸盛の妻にしていただきとう存じます」

落胆が歓喜に変わり、尼子方は祭りでも始めるような浮かれ騒ぎとなった。

「うれしや、和耶どの」

「ご武運を、鹿介さま」

絶頂ともいえる昂《たかぶ》りを胸に、鹿介は汀から富田川へ丹楓を乗り入れた。

対岸からも、樬木狼之助が馬を進めてくる。

「おい、伊織助。魔羅賀どのはどこから見物しておられる」

きょろきょろしながら、熊谷新右衛門が訊いた。

「そのあたりにおられようぞ」

「いや、見当たらぬのだ」

「さようなことはあるまい」

秋上伊織助も、あたりを見回す。が、見つからない。平助ほどの巨軀ならば、どこにいても目立つはずであるのに。

「そう申せば、源太兵衛どののお姿も見当たらぬが……」

「ふうむ」

「まあ、あのおふたりが、鹿介の一騎討ちを見逃されるはずもない。もっと上のほうから眺めておられるに相違ない」

「それもそうよな」

折りしも、鹿介、狼之助いずれも、流れを渡って、南北に長い中洲へ上がったところである。新右衛門、伊織助もその決闘場を注視した。
五、六間を隔てて、鹿介と狼之助は対《むか》い合う。
「ふん、魔羅賀平助の虚仮《こけ》おどしの馬ではないか」

「気をつけるがよい、樬木狼之助。魔羅賀どののご愛馬は、人のことばを解する」

「その軽口《かるくち》も、あやつの受け売りか」

「魔羅賀どのよりご教授をうけたのは、それだけではない」

「なに……ほかに何を教わったと申すのだ」

「これより、ご覧にいれよう」

そう言って、馬首を転じた鹿介は、いま狼之助が眼の中に怯みの色を過らせたのを、たしかに見た。わが名を存分に用いるがよろしい、という平助の策はなんと効き目のあることかと感謝した。

「陣借り平助、なにするものぞ」

狼之助は、あえて口に出して、みずからを奮い立たせてから、鹿介とは反対の方向へ馬を走らせた。

双方、中洲の両端に達すると、ふたたび馬首を返した。鹿介が南端、狼之助が北端である。

このときを待っていたのであろう、毛利方からも尼子方からも、それぞれ一筋の矢が放たれた。

蒼天に弧《こ》を描きながら、矢は哮《たけ》った。合戦開始の合図となる鏑矢《かぶらや》である。

二筋の鏑矢は、中洲の真ん中に、×印のように交差して突き刺さった。

「丹楓」

鹿介が声をかけると、緋色毛の駿足は勇躍した。

対する狼之助も、乗馬の馬腹を強く蹴った。

そのころ、月山の山頂の東側、断崖の縁に近い木立の中で、ひそやかに行われていることがあった。

ここには、当主の尼子義久とその主立つ近習《きんじゅう》たちしか知らない洞穴《どうけつ》がある。灌木《かんぼく》群の一部がそのまま洞穴の出入口の蓋になっており、それを上げて、義久でも近習たちでもない者らが出入りしていた。

指示を出しているのは、善法寺輝信であった。足許に、幾つもの木箱が積み上げられている。

崖っぷちに立つ者らもいて、かれらは木箱を縄に括りつけ、絶壁伝いに下ろすことを繰り返す。

姿は見えないが、断崖の下にも作業をする者らがいるようだ。

尼子の隠し銀。それが木箱の中身である。

五月十九日に非命の最期を遂げた将軍足利義輝より、その直前に尼子義久への使者として遣わされたという触れ込みで、輝信が従者二十人を率いて富田城を訪れたのは、同じ月の末のこと。生前も尼子と毛利に停戦命令を下した義輝だが、別して毛利がこれを無視しつづけるので、尼子に大義ありと認め、義久に毛利討伐を命ずるというのが将軍家の御下知《おんげち》である。そのように輝信は告げた。そして義久には、義輝の下賜品として、将軍家重代の名物、鬼丸国綱《おにまるくにつな》を授けたのである。

鬼丸国綱とは、鎌倉時代に北条時政《ほうじょうときまさ》が夜毎《よごと》夢に現れる悪鬼を斬り払ったという伝説の太刀で、将軍家の宝剣のひとふりとして知られていた。義久は、これを鑑定させ、本物と分かって、すっかり輝信を信じた。そのうえ、輝信が石清水八幡宮別当の一族というので、神頼みの日々を送っていた義久は尊敬の念すら抱き、何かにつけて輝信の意見や忠言を第一として聞き入れるようになった。

しかし、実は、輝信は将軍家の使者などでなく、石清水八幡宮とも何の関わりもない。名も偽名であった。富田城へやってきたのは義久の信頼を得て、隠し銀の在り処《ありか》を聞き出し、これを奪取するのが、最初からの狙いだったのである。

尼子氏は、毛利に奪われるまでは、永く石見銀山を支配し、軍資銀を月山に貯えてきた。毛利とのいくさで多くを費消《ひしょう》したものの、まだ底を突いたわけではなかった。

「もうよい」

と輝信が、手下どもに言った。

「あまり長居をしては、逃げる時を得られなくなろう」

隠し銀の在り処を巧みに義久より聞き出してから、いつ盗み出そうかと思案していたところ、山中鹿介と榲木狼之助の一騎討ちが行われると決まった。渡りに舟というべきであった。その日は籠城勢も、見物のため、城下寄りの中腹や麓に集中するに違いないので、事を仕遂げる絶好機、と踏んだ輝信だったのである。案の定、思惑どおりになった。あとは、一騎討ちが終わって、籠城勢が山上へ戻ってくる前に、断崖下に用意した駄馬に銀を載せ、一散に逃げるばかりである。

洞穴の出入口から、男たちが次々に出てきた。そして、蓋が閉じられる。

崖っぷちで作業する者も含め、この場の輝信の手下は十五人。残りの五人は、断崖下である。

「これは、善法寺輝信どの」

その呼びかけに、輝信以下、一様にびくっとした。

巨軀が木々の間を抜けて近づいてくる。

平助であった。

「富田川の一騎討ちは、ここからではまったく見えぬと存ずるが……」

平助のその穏やかな佇まいに、かえって恐怖をおぼえた手下のひとりが、抜刀し、斬りつけた。

平助は、右の掌底《しょうてい》のひと突きで、この者のあごを砕いて、瞬殺した。

皆、立ち竦んだ。そこへ素早く踏み込んだ平助は、背負い太刀を抜かず、おのれの肉体のみを武器として、烈《はげ》しい血風《けっぷう》を吹かせた。

太刀を抜かないのは、木々が密集する場では、自在に操りがたいからである。刃渡り四尺の大太刀、志津三郎ではなおさらであった。

だが、輝信の手下どもは恐慌をきたし、そういう当たり前のことに気づかない。無闇に刀を振り回して、木の幹に食い込ませたり、枝へ斬りつけたり、果ては仲間を傷つけるなどしてしまう。

その間に、平助の一撃必殺の技が、手下どもの急所をとらえてゆく。

十五人目の頸を捩《ね》じ切ると、平助は、ひとつ、大きく息を吐いた。

輝信は、刀を青眼《せいがん》につけたものの、ぶるぶるふるえている。

「こ……この善法寺輝信は、畏れ多くも将軍家の使者であるぞ」

「将軍家とは、いまは亡き義輝公のことであろうか」

「さようじゃ」

「義輝公のご下命で、尼子義久どのへ将軍家重代の宝剣、鬼丸国綱を届けられたそうだが、相違ござらぬか」

「届けた。それがどうした」

「さようか。実は、それがしのこの太刀も、義輝公より賜った」

平助は、右手を挙げて、背負い太刀の柄をぽんぽんと叩く。

「だから、何なのだ」

「輝信どのが鬼丸国綱を義輝公より託されたのは、いつのことか」

「将軍御所が三好・松永の襲撃をうける二日前じゃ」

「面妖《めんよう》な。義輝公ご最期のみぎり、取り替え取り替えなされながら、数多《あまた》の敵を斬り捨てた幾口《いくふり》もの名刀の中に、鬼丸国綱もあったことは、京童も存じおるところ。はて、いずれが偽物か。それとも、何者かが将軍御所の焼け跡より盗み出したのか」

「ら……埒《らち》もないことを……」

「善法寺輝信。尼子の隠し銀を奪うこと、おぬしの一存ではあるまい。誰に命ぜられた」

「わああっ」

恐怖に堪《た》えきれず、ついに輝信が刃を突きだした。

平助は、たやすく躱して、対手の両腕を捻《ひね》りあげ、刀を取り落とさせた。

「これが最後だ。明かさねば、首をへし折って、崖下へ投げ捨ててくれよう」

「ひいいっ」

「誰に命ぜられた」

「松永弾正さま」

輝信は白状した。

平助には、なかば予想された名である。義輝弑逆《しいぎゃく》の直後から三好三人衆と対立を始めた松永弾正久秀《ひさひで》なら、いくさの元手となる金銀をいくらでも欲していよう。

「お耳に達せられたであろうか」

平助は、少しこうべを回して、背後へ声を投げた。

「しかと聞き届けた」

姿を現したのは、尼子義久である。立原源太兵衛が付き従っている。

輝信の顔から血の気が引く。

平助は、輝信から身を離すと、独特の抜刀術で背負い太刀を抜いた。

義輝より拝領の志津三郎が、騙《かた》り者を脳天から幹竹割《からたけわ》りに斬り下げた。

「予は愚か者よ」

義久が、嘆息し、携えてきた一刀を平助に差し出した。

「魔羅賀平助。おことから将軍家へ戻してくれるか」

一刀は、鬼丸国綱である。

「承ってござる」

これこそが平助の目的であった。

実は、和耶に頼まれずとも、はじめから富田城を訪れるつもりでいたのである。騙り者から鬼丸国綱を取り戻すために。

富田川の川原における吉川元春との密談も、これに関係している。平助と和耶が入城したいのなら、それを許す代わりに、将軍家の使者という善法寺輝信を斬れ、と元春から先に条件を提示されたとき、平助はつきがあると思ったものだ。誰に命ぜられなくとも、そうするつもりであったのだから。

四月の毛利勢の総掛かりの直後は、弱気になった尼子義久が開城降伏に心を傾けかけたのに、毛利討伐という上意を奉じた輝信の入城によって、持ち直してしまった。これ以上、敵味方の血を流すことを好まぬ元春は、輝信をいくさを長引かせる元凶とみていたのである。

平助は、義久の手から、鬼丸国綱を恭《うやうや》しく押しいただいた。

かつて、将軍義輝から百万石に値する武人と激賞され、褒美の剣を賜るさい、最初に用意されたのは鬼丸国綱であった。それほど義輝は、平助の働きに感謝してくれた。だが平助は、放浪の陣借り者に分を越えすぎていると固辞した。むろん志津三郎も名剣だが、格として鬼丸国綱に及ばない。そういう経緯があった。だから平助は、義輝の恩に報いるため、どうしても鬼丸国綱を取り戻して、足利将軍家へ帰還させたかったのである。

「右衛門督どの」

平助は義久に言った。

「敵に屈せずに死を選ぶことを栄誉といたすは、それがしのような端武者《はむしや》の心の有様にござる。幾千、幾万の家来衆とその一族郎党の命《いのち》を左右できる御方は、おのずから処し方が異なり申そう」

「ここに突き刺さるぞ、平助」

と義久は自身の胸を拳で叩いた。

「なれど、松永弾正が輝信のような者をここへ遣わしたのは、予が侮《あなど》られているからじゃ。なんとしても、尼子武士の名を汚さぬ終わり方をしたい」

義久はまだまだ籠城をつづけるつもりである、と平助はみた。

「されば、それがしはこれにて」

平助が深々と辞儀をしたので、源太兵衛が慌てる。

「よもや、魔羅賀どの。この場から早《はや》、城を出ていかれるのであろうか」

「さようにござる」

「皆が悲しみましょうぞ。せめて、鹿介と和耶姫にだけでも……」

「あのふたりに泣かれるのは辛《つろ》うござる。もっとも、和耶どののほうは涙をみせるとも思われぬが」

平助が、ふふっ、と笑ったちょうどこのとき、富田川では、烈しい組討の果て、鹿介が狼之助にとどめを刺したところであった。

「尼子の鹿が毛利の狼を食ろうたり」

中洲で、鹿介は雄叫びをあげた。

「和耶どのの守り袋のおかげです」

「母上さま」

なみと和耶は手を取り合った。

轟々たる大歓声に、月山が揺れた。


この日、洗合より出馬してきた毛利元就が、午後に到着し、富田川の西の京羅木山《きょうらぎ》その他に向城《むかいじろ》を築き、包囲陣を強化した。

平助は、役目を果たしたことを吉川元春へ告げたあと、元就に呼ばれた。が、罷《まか》り出るふりをして、ひそかに脱した。

(毛利元就というお人は、甘くない)

尼子方の信頼を得た平助を、こんどは間者として送り込み、いかなる手を用いても降伏開城へと導くよう命ずるぐらいのことはやりかねない。間者となることを断れば、おそらく元就は、ふたたび総掛かりを強行して籠城勢を皆殺しにする、と平助を脅すであろう。

逃げるが勝ち、であった。

しばらく山路を上って、小さな峠に達すると、路傍に腰を下ろして待った。

四半時《しはんとき》ほどで、待ち人ならぬ待ち馬はやってきた。丹楓である。

馬体が艶々と日の光を弾いている。

「鹿介どのに洗《あろ》うて貰《もろ》うたな」

丹楓は嬉しそうに鼻面をこすりつけてくる。

平助も、さらさらの鬣《たてがみ》を触って、匂いを嗅いだ。

（おや……）

ほんのりと、和耶の香りがする。

（姫は鹿介どのに守り神を授けたろうか……）

遠くから、風にのって、力強くも滑らかな鳴き声が伝わってきた。妻呼ぶ雄鹿《せか》である。

守り袋に姫の秘所の毛をしのばせれば、これほど強き守り神はござらぬ、と和耶の耳許で囁いて、痛烈な平手打ちを食らったのだが、和耶はそうしたのか、しなかったのか。

これをたしかめずに去ってきたことが、悔やまれる平助であった。

解説——戦国最強の快男児が帰ってきた！

文芸評論家　細谷正充《ほそやまさみつ》

六尺を超えようかという巨体。茶色がかった大きな眸子《ぼうし》と、驚くほど高い鼻梁《びりょう》。愛用する武器は、名刀の志津三郎《しづさぶろう》と、傘としても使える鎗。その身体に相応しい、アラビア馬と日本馬の交配で生まれた牝馬《ひんば》〝丹楓《たんぷう》〟を相棒に、乱世を疾駆《しっく》する。剣豪将軍の足利義輝《あしかがよしてる》から「百万石に値する」と評され、日本中の大名に召し抱えを望まれながら、何者にも縛られない。その性《さが》、奔放不羈《ほんぽうふき》。戦となれば、常に弱き側に〝陣借り〟し、獅子奮迅《ししふんじん》の働きを示す。ゆえに陣借り平助《へいすけ》の異名を持つ、戦国の快男児・魔羅賀《まらが》平助が帰ってきた！　本書『天空の陣風《はやて》』は、連作集『陣借り平助』に続く、シリーズ第二弾だ。「小説ＮＯＮ」二〇〇七年三月号から二〇一〇年一月号にかけて断続的に掲載された、短篇五作が収録されている。単行本は、二〇一〇年三月に刊行された。

もちろん魔羅賀平助は、作者の創造した人物である。その架空のヒーローが、戦国の有名な合戦や事件、あるいは実在の有名人とかかわり、痛快無比の活躍を見せるというのが、シリーズの基本的なコンセプトだ。たとえば本書冒頭の「城を喰《く》う紙魚《しみ》」では、若侍たちに絡《から》まれていた、竹中半兵衛《たけなかはんべえ》の弟の彦八郎《ひこはちろう》を、平助が助ける場面から始まる。これが縁で半兵衛の家で世話になった平助が、あの稲葉山《いなばやま》城奪取戦に加わるというストーリーの流れは、戦国小説を読み慣れている人なら、容易に想像できよう。だが、それが分かっていても、本作はムチャクチャに面白い。暗愚な主君を諫《いさ》めるため、織田信長《おだのぶなが》ですら落とすことの出来なかった稲葉山城を、寡兵《かへい》でもって占拠する。まさに戦国の痛快事である。その陰に平助の豪快な戦いがあったというのだから、たまらないではないか。

しかも半兵衛の妹で、平助を慕《した》う於菟《おと》との契《ちぎ》り。半兵衛の母で、平助を呆《あき》れさせるほどのしたたかさを見せる月真尼《げっしんに》とのやりとりも、楽しい読みどころになっている。本シリーズのひとつの特色として、平助が女性の願いによって動くというものがあるが、その点についてはもう少し後で触れたい。

続く「吹くや、甲越《こうえつ》の花」は、上杉輝虎《うえすぎてるとら》（謙信）の軍師として知られる宇佐美駿河守定満《うさみするがのかみさだみつ》と、平助が遭遇する。戦場往来の〝いくさ人〟である定満に、かつて親しみを覚えた武田《たけだ》家軍師・山本勘介《やまもとかんすけ》と似た匂いを感じ取った平助は、彼に陣借りし、武田家の家臣で野尻城《のじり》に籠《こも》った原美濃守虎胤《はらみののかみとらたね》を、一騎打ちで倒した。その後、輝虎の姉で、坂戸《さかと》城主・長尾越前守政景《ながおえちぜんのかみまさかげ》の正室の綾《あや》を助けたことから、平助は、政景の世話になるのだが……。

上杉輝虎が越後を統一するまでには、さまざまな騒動が起きたが、その中でも特に謎めいているのが、野尻湖の溺死《できし》事件だ。野尻湖で舟遊びをしていた、宇佐美定満と長尾政景が、共に溺死したのである。単純な事故死説から陰謀説まで、幾つかの真相が囁《ささや》かれているが、もっとも有名なものは輝虎に敵対的な政景を、我が身を犠牲にして定満が葬《ほうむ》ったというものである。作者はこの説を採用しながら、前半の平助との絡みで定満の魅力的なキャラクターを決定づけ、後半の輝虎・綾の兄妹の抱える秘密から、政景が輝虎を敵視する理由を活写する。歴史の虚実を操《あやつ》る作者は、驚くべき戦国奇譚を生み出してのけたといっていい。

「鶺鴒《せきれい》の尾」には、平助の妻だと名乗る女性が登場する。朝倉《あさくら》勢との戦いに勝ったものの、まだ小勢力もいいところの粟屋越中守勝久《あわやえっちゅうのかみかつひさ》の治める国吉《くによし》城に捕われている、その妻の名は熙子《ひろこ》。いうまでもなく、平助の知らない女性だ。それでも興味を惹《ひ》かれて熙子に会うと、彼女が朝倉家に仕えた許嫁《いいなずけ》を訪ねていこうとして捕われたこと。ダメモトで平助の妻といって、粟屋家の侍たちを牽制《けんせい》したことを知った。勝気だが、可愛らしいところのある熙子を気に入った平助は、粟屋勢に味方しながら、彼女を救い出そうとする。

朝倉と粟屋の戦いとは、またマニアックなネタを拾ってきたものである。しかもそこに、ある歴史上の有名人の妻になる熙子（まあ、名前でバレバレですが）を持ってきて、平助の活躍の場を創り出す。宮本作品らしい強さを持った、ヒロイン像も愉快であり、このシリーズならではの味わいを満喫できる逸品だ。

「五月雨《さみだれ》の時鳥《ほととぎす》」は、四国に渡った平助が、謎の一団に襲われた長宗我部元親《ちょうそかべもとちか》を救出する。といっても、このエピソードは前座であり、物語はその後が本番。日本の実家ともいうべき堺《さかい》の豪商「日比屋《ひびや》」を平助が訪れると、嵯峨《さが》の旅宿「浮舟屋《うきふねや》」の女亭主・由以《ゆい》からの書状が届いていた。由以は、かつて堺から天下廻国の旅に出たとき、最初に寝た女性である。その由以と浮舟屋が、京洛《きょうらく》のあぶれ者集団の「茨組《いばらぐみ》」と「革袴組《かわばかまぐみ》」に狙《ねら》われ、窮状に陥《おちい》っているという。さっそく浮舟屋に向かった平助は、由以に関する意外な事実に驚きながらも、策を巡らし、あぶれ者たちを退治しようとする。

映画『用心棒』よろしく、茨組と革袴組の共倒れを誘う平助の計略も面白いのだが、その騒乱の場に現れた、新たな人物の名を聞いてビックリ仰天。なんと『剣豪将軍義輝』で、義輝の剣の師匠となった朽木鯉九郎《くつきこいくろう》なのだ。宮本ファンにとっては、嬉しすぎるサプライズである。だが、『剣豪将軍義輝』を読んだ人なら、義輝や鯉九郎のたどった運命をご存じだろう。下剋上《げこくじょう》を体現したかのような、あの事件が起こり、平助は哀しみに暮れる。それは私たち読者も同様である。だからこそ、哀しみの先の境地を示す、平助の心映《こころば》えに、明るく慰撫《いぶ》されるのだ。また、長宗我部元親襲撃のエピソードが、こちらの件にも繋《つな》がってくるストーリー展開も見事である。

そしてラストの「月下氷人剣《げっかひょうじんけん》」は、毛利《もうり》家の城攻めにより一族郎党を殺され、自身も絶体絶命の窮地に陥った和耶《かや》姫が、平助に助けられる。行き場所のない彼女は、許嫁の申し込みを断った山中鹿介幸盛《やまなかしかのすけゆきもり》を頼り、富田《とだ》城を目指すという。しかし富田城は、毛利の大軍に包囲されていた。毛利家と縁のある平助（なにしろ声望を高めることになった最初の合戦が、毛利家に陣借りした厳島《いつくしま》合戦だったのだ）は、吉川元《きっかわもと》春《はる》と話をつけ、その富田城に入城。鹿介の和耶姫に対する真意を知り、月下氷人を務めるのだった。

毛利の大軍に最後の砦《とりで》である富田城を包囲された尼子《あまご》氏が、いかにして滅びたかは、周知の事実であろう。衰微した尼子氏再興のために、獅子奮迅の戦いを続けた山中鹿介も、やがて非命を遂《と》げることになる。でも、追い詰められた彼らに、絶望しかなかった訳ではない。両軍が見守る中で、山中鹿介と、毛利側の楤木狼之助勝盛《たらきおおかみのすけかつもり》（品川大膳《しながわたいぜん》）が一騎打ちをして、鹿介が勝利するという痛快事もあったのだ。本作は、この一騎打ちに平助の存在を加え、痛快度数をパワーアップ。和耶姫と鹿介の恋も絡めて、どのような状況にあろうと希望を失わない者の前向きな強さを、鮮《あざ》やかに表現したのである。さらに「五月雨の時鳥」「月下氷人剣」を通じて、しだいにある歴史上の人物が、平助の敵としてクローズアップされていく。ここも、注目すべきポイントである。

と、各作品の解説が終わったところで、シリーズそのものを俯瞰《ふかん》してみたい。先にも記したように、「陣借り平助」シリーズは、女性の存在感が大きい。しかも、「鶺鴒の尾」の熙子や「五月雨の時鳥」の由以などのように、女性のために平助が戦うという内容が多いのだ。これは、常に弱い側に陣借りするという平助の性格と、無関係ではあるまい。とはいえ、作中に登場する女性は、一方的な弱者ではない。ほとんどの人が、平助を感心させるほどの、気概やしたたかさを持っているのだ。そんな女性のために平助は陣借りをし、それにより戦国の状況が変わっていく。ならば歴史を動かしているのは、女性ではないのか。たとえ乱世であろうとも、男だけでは――ひいては力ある者だけでは時代は創れないという、作者の歴史認識が、ここから浮かび上がってくるのである。

さらに『陣借り平助』の冒頭の「陣借り平助」と、本書冒頭の「城を喰う紙魚」において、平助と女性の構図が似通っていることに留意したい。二作とも母娘が登場し、母親の方が真のヒロイン的な扱いをされているのだ。これが偶然か、作者の企みかは、残念ながら分からない。しかし偶然だとしても、そこから読み取れるものがある。平助にとっての女性とは、つきつめてしまえば母親ではないかということだ。

一方、『陣借り平助』の「隠居の虎」「落日の軍師」、本書の「咲くや、甲越の花」では、男性のために陣借りをする。こちらで留意したいのは、その男性たちに平助が、父性を感じていることだ。「隠居の虎」の浅井久政《あざいひさまさ》が示す、息子への深い愛情を平助が羨んだこと。「落日の軍師」の山本勘介や、「咲くや、甲越の花」の宇佐美定満が、平助の父親の年代であることである。ついでにいえば『陣借り平助』の「西南の首飾り《ロザリオ》」では、平助が知らないまま、祖父との交誼《こうぎ》が結ばれているのだ。

では、シリーズの各話から滲《にじ》み出て来る、平助の母性と父性に対する想いは、何に起因するのか。いうまでもなく『陣借り平助』の「モニカの恋」で明かされた、数奇な出生にある。未読の人もいるだろうから詳しくは書かぬが、その出生ゆえに平助は、父も母も知らず、天涯孤独同様の境遇にあったのだ。そうした自分ではどうにもならない淡い哀しみが、痛快きわまりない平助の活躍に一抹の悲愁《ひしゅう》を与え、物語をより深いものにしているのである。

なおシリーズは、本書以後も順調に続いており、二〇一一年十一月には第三弾『陣《いくさ》星《ぼし》、翔ける』が上梓《じょうし》された。また、長谷川《はせがわ》哲也《てつや》の作画によるコミカライズも行われ、『陣借り平助』のタイトルで単行本も二冊刊行されている。そしてまだ平助が陣借りすべき有名な合戦は無数にあるではないか。戦国の快男児のさらなる躍動を、期待したいのである。

（本書は、平成二十二年三月に小社から四六判で刊行されたものです）

天空の陣風

一〇〇字書評

切り取り線

購買動機（新聞、雑誌名を記入するか、あるいは○をつけてください）	
□（　　　　　　　　　　　　）の広告を見て	
□（　　　　　　　　　　　　）の書評を見て	
□ 知人のすすめで	□ タイトルに惹かれて
□ カバーが良かったから	□ 内容が面白そうだから
□ 好きな作家だから	□ 好きな分野の本だから

・最近、最も感銘を受けた作品名をお書き下さい

・あなたのお好きな作家名をお書き下さい

・その他、ご要望がありましたらお書き下さい

住所	〒				
氏名		職業		年齢	
Eメール	※携帯には配信できません	新刊情報等のメール配信を 希望する・しない			

この本の感想を、編集部までお寄せいただけたらありがたく存じます。今後の企画の参考にさせていただきます。Eメールでも結構です。

いただいた「一〇〇字書評」は、新聞・雑誌等に紹介させていただくことがあります。その場合はお礼として特製図書カードを差し上げます。

前ページの原稿用紙に書評をお書きの上、切り取り、左記までお送り下さい。宛先の住所は不要です。

なお、ご記入いただいたお名前、ご住所等は、書評紹介の事前了解、謝礼のお届けのためだけに利用し、そのほかの目的のために利用することはありません。

〒一〇一－八七〇一
祥伝社文庫編集長　坂口芳和
電話　〇三（三二六五）二〇八〇

祥伝社ホームページの「ブックレビュー」からも、書き込めます。

http://www.shodensha.co.jp/bookreview/

祥伝社文庫

天空《てんくう》の陣風《はやて》　陣借《じんが》り平助《へいすけ》

平成25年9月5日　初版第1刷発行

著者　宮本昌孝《みやもとまさたか》
発行者　竹内和芳
発行所　祥伝社《しょうでんしゃ》
東京都千代田区神田神保町3-3
〒101-8701
電話　03（3265）2081（販売部）
電話　03（3265）2080（編集部）
電話　03（3265）3622（業務部）
http://www.shodensha.co.jp/

印刷所　堀内印刷
製本所　ナショナル製本
カバーフォーマットデザイン　中原達治

Printed in Japan ©2013, Masataka Miyamoto　ISBN978-4-396-33873-2 C0193

祥伝社文庫の好評既刊

宮本昌孝
陣借り平助
将軍義輝をして「百万石に値する」と言わしめた平助の戦《いくさ》ぶりを清冽に描く、一大戦国ロマン。

宮本昌孝
風魔（上）
箱根山塊に「風神の子」ありと恐れられた英傑がいた——。稀代の忍びの生涯を描く歴史巨編！

宮本昌孝
風魔（中）
秀吉麾下の忍び曾呂利新左衛門が助力を請うたのは、古河公方氏姫と静かに暮らす小太郎だった。

宮本昌孝
風魔（下）
天下を取った家康から下された風魔狩りの命——。乱世を締め括る影の英雄たちが、箱根山塊で激突する！

宮本昌孝
紅蓮《ぐれん》の狼
風雅で堅牢な水城、武州忍城を守るは絶世の美姫。秀吉と強く美しき女たちの戦を描く表題作他。

火坂雅志
源氏無情の剣
絢爛《けんらん》たる貴族の世から血腥《なまぐさ》い武家の時代へ。盛者必衰の現世に、清和源氏一族の宿命を描く異色時代小説！

祥伝社文庫　今月の新刊

貴志祐介　**ダークゾーン**　上・下
〝軍艦島〟を壮絶な戦場にする最強のエンターテインメント。

西村京太郎　**生死を分ける転車台**　天竜浜名湖鉄道の殺意
十津川警部が仕掛けた3つの罠とは？　待望の初文庫化！

太田蘭三　**木曽駒に幽霊茸《ゆうれいだけ》を見た**
死体遺棄、美人山ガール絞殺、爆弾恐喝。山男刑事、奮闘す。

梶尾真治　**壱里島《いちりじま》奇譚《きたん》**
奇蹟の島へようこそ。感動と驚愕の癒し系ファンタジー！

矢月秀作　**D1 警視庁暗殺部**
桜の名の下、極刑に処す！闇の処刑部隊、警視庁に参上！

宮本昌孝　**天空の陣風《はやて》**　陣借り平助
戦国に名を馳せた男が次に陣借りしたのは女人だった!?

小杉健治　**黒猿《くろましら》**　風烈廻り与力・青柳剣一郎
温情裁きのつもりが一転――剣一郎が真実に迫る！

岡本さとる　**情けの糸**　取次屋栄三
断絶した母子の闇を、栄三の取次が明るく照らす！

富樫倫太郎　**木枯らしの町**　市太郎人情控
寺子屋の師匠を務める数馬。元武士の壮絶な過去とは？

喜安幸夫　**隠密家族　難敵**
新藩主誕生で、紀州の薬込役が分裂！　一林斎の胸中は？

藤原緋沙子　**風草《かぜくさ》の道**　橋廻り同心・平七郎控
数奇な運命に翻弄された男の、命懸け、最後の願いとは――